잃어버린 거리

QUARTIER PERDU
by Patrick Modiano

이 도서의 국립중앙도서관 출판예정도서목록(CIP)은
서지정보유통지원시스템 홈페이지(http://seoji.nl.go.kr)와
국가자료공동목록시스템(http://www.nl.go.kr/kolisnet)에서 이용하실 수 있습니다.
(CIP제어번호: CIP2018016093)

잃어버린 거리

QUARTIER PERDU

Patrick Modiano

파트릭 모디아노 장편소설

김화영 옮김

문학동네

일러두기

1. 주석은 모두 옮긴이주다.
2. 본문 중 고딕체는 원서에서 이탤릭체나 대문자로 강조한 부분이다.

차례

도미니크를 위하여

프랑스어로 말하는 소리를 들으니 기분이 이상하다. 비행기에서 내리면서 나는 가슴이 약간 뜨끔해지는 느낌이 들었다. 세관 검사대 앞에 줄을 서서 기다리면서, 나는 이제 내 것이 된 옅은 녹색 여권을 물끄러미 바라보았다. 나의 국적이 된 나라의 상징인 사자 두 마리가 금박으로 찍혀 있는 여권을. 그때 문득 내가 열네 살 되던 해에 프랑스 공화국의 이름으로 발부받았던 빳빳한 남색 표지 여권이 생각났다.

택시 운전사에게 호텔 주소를 말해주고 나자, 그가 내게 말을 걸어올까봐 겁이 났다. 모국어로 생각을 표현하는 습관을 잃어버린 지 오래이기 때문이다. 다행히도 운전사는 차를 몰고 가는 동안 줄곧 아무 말도 하지 않았다.

우리는 샹페레 시문 쪽을 통해서 파리 시내로 들어왔다. 일요일 오후 두시. 대로에는 7월의 햇빛이 쏟아질 뿐 인적이 없다. 혹시 폭격을 맞고 주민들이 모두 다 흩어져 떠나고 난 유령 도시를 통과하고 있는 것이 아닌가 하는 생각이 들었다. 어쩌면 건물 벽 뒤에는 무너져버린 폐허가 숨어 있는 것이 아닐까? 택시는 마치 엔진을 꺼버리고 고삐 풀린 채 말제르브대로의 비탈길을 굴러 내려가기라도 하듯 점점 더 빨리 미끄러져가고 있었다.

호텔에 있는 내 방 창문은 카스틸리온가街로 나 있었다. 나는 비로드 커튼을 치고는 잠이 들었다. 깨었을 때는 저녁 아홉시였다.

나는 식당에서 저녁식사를 했다. 아직 해가 있었지만 벽등壁燈에서 불빛이 세차게 쏟아져나오고 있었다. 어떤 미국인 부부가 내 옆 테이블을 차지하고 있었는데 여자는 검은 테 안경을 쓴 금발이었고 남자는 스코틀랜드식 턱시도 양복을 몸에 꼭 조이게 입고 있었다. 시가를 피우는 그의 관자놀이에 땀이 흘러내렸다. 나 역시 매우 더웠다. 지배인이 내게 영어로 인사를 했고 나도 역시 영어로 응답했다. 나를 친절하게 챙기는 태도로 보아 그가 나를 미국인으로 오해하고 있는 것 같았다.

밤이 내렸다. 바람결 하나 없는 숨막히는 밤이었다. 카스틸리온가의 아케이드 아래로 미국인이나 일본인 관광객들이 스쳐지나갔다. 튈르리공원의 철책 앞에는 관광버스가 여러 대 주차해 있었고 그중 어떤 버스의 출입구 계단에는 제복을 입은 금발 안내원 청년이 손에 마이크를 들고 손님들을 맞고 있었다. 그는 후음이 짙은 언어를 빠르고 높은 목소리로 말했으며 말 울음소리 같은 웃음소리를 내다가 간간이 멈추기도 했다. 그는 손수 출입문을 닫고 나서 운전사 옆에 앉았다. 버스는 콩코르드광장으로 달렸다. 연한 청색 버스의 옆면에는 붉은 글씨로 "더 흐로터 레이전 안트베르펀(안트베르펜을 여행하려면 그로테로)"이라고 쓰여 있었다.

좀 떨어진 피라미드광장에는 또다른 버스들이 있었다. 베이지색 천 가방을 어깨에 둘러멘 젊은이들 한 무리가 잔 다르크 동상 밑에 털썩 주저앉아 있었다. 그들은 바게트 빵에다가 코카콜라 한 병을 종이컵에 따라 서로 돌려가며 나누어 먹고 있었다. 내가 지나가자 그중 한 명이 일어서서 독일어로 뭔가를 물었다. 독일어를 이해하지 못하는 나로서는 못 알아듣겠다는 표시로 어깨를 움칫해 보일 뿐이었다.

나는 공원을 가로지르며 루아얄 다리까지 이르는 대로에 접어들었다. 경찰 버스 한 대가 소등한 채 멈춰 서 있었고 피터팬 복장을 한 그림자가 하나 불쑥 나와 있었다. 하나같이 머리를 짧게 깎고 수염을 기른 아직 젊은 나이의 청년들이 뻣뻣하고 멍청한 표정으로 오솔길과 분수 곁을 스쳐갔다. 그렇다, 이십 년 전에도 이곳에 비슷한 부류의 사람들이 잔뜩 모여들곤 했다. 그러나 왼편 카루셀 개선문 쪽, 회양목더미 뒤에 있던 공중변소는 없어져버렸다. 나는 튈르리강변로에 이르렀지만 센강을 건너서 내가 어린 시절을 보냈던 파리 좌안左岸 지역을 혼자 돌아다닐 엄두가 나지 않았다.

인도 가장자리에 선 나는 오랫동안 자동차들의 물결, 신호등의 빨간불, 파란불이 켜지고 꺼지는 모습, 그리고 강 건너편 오르세역의 시커먼 잔해를 물끄러미 바라보았다. 발길을 돌려 다시 돌아왔을 때 리볼리가의 아케이드에는 인적이 없었다. 나는 파리에서 한 번도 이처럼 무더운 밤을 경험한 적이 없었다. 그래서 이 유령 도시 한복판에서 느끼는, 꿈인가 생시인가 싶은 감정이 더욱 절실해지는 것이었다. 혹시 유령은 바로 나 자신이 아닐까? 나는 어디엔가 매달릴 데를 찾고 있었다. 피라미드광장의 회벽을 칠한 옛 화장품 상점은 여행사로 변해 있었다. '생잠 알바니' 호텔 입구와 홀은 개축되어 있었다. 그러나 그 밖에는 아무것도 변한 것이 없었다. 아무것도. 그렇게 나직이 되뇌어보았자 나는 이 도시에서 이리저리 떠다니고 있었다. 도시는 이제 나의 것이 아니었다. 발길을 멈추고 철책을 드리운 카스틸리온가의 상점 진열창에 내 모습을 비춰보아도 그 그림자만 간신히 알아볼 수 있는 것처럼 도시는 내가 다가가면 닫혀버렸다.

택시들이 손님을 기다리고 있었다. 나는 그중 한 대를 잡아타고 파리 시내를 한번 드라이브하면서 낯익은 장소들을 모두 다시 가보고 싶었다. 그러나 왠지 겁이 났다. 처음 며칠은 지나치게 힘든 일을 할 엄두를 못 내는 회복기 환자의 두려움과도 같았다.

호텔 관리인이 내게 영어로 인사를 했다. 이번에는 프랑스어로 대답하자 그가 놀라는 표정이었다. 그는 내게 열쇠와 하늘색 봉투 하나를 내밀었다.

"전화 메시집니다, 선생님."

나는 비로드 커튼을 젖히고 여닫이 창문 양쪽을 모두 열었다. 공기는 방안보다 바깥이 더 더웠다. 발코니에서 몸을 굽히고 내다보면 어스름 속에 잠긴 방돔광장, 그리고 저멀리 카퓌신대로의 불빛이 보였다. 간혹 택시가 멈추면서 차문이 거세게 닫히는 소리, 이탈리아어나 영어로 주고받는 대화 한 토막이 내가 있는 곳까지 들려왔다. 또다시 나는 밖으로 나가서, 발길 가는 대로 쏘다니고 싶은 충동을 느꼈다. 지금 이 시각에 어느 누군가는 난생처음으로 파리에 도착하여 호기심과 설렘이 가득찬 시선으로 거리와 광장을 가로질러갈 것이다. 오늘밤 내 눈에는 이미 죽은 것 같아 보였던 이 도시에서……

나는 메시지가 든 하늘색 봉투를 찢었다. 요코 다쓰케가 내가 없는 사이 호텔로 전화를 걸었는데, 자기를 만나고 싶거든 내일 마요 시문에 있는 콩코르드라파예트 호텔에 하루종일 있을 테니 그곳으로 오면 된다는 내용이었다.

그가 저녁나절 느지막이 식사 약속을 해주었으므로 나는 안도감을 느꼈다. 대낮의 폭염 속에서 파리를 가로질러갈 엄두가 나지 않기 때문이다. 저녁때가 다 되어 밖으로 나간 나는 아케이드의 그늘을 벗어나지는 않았다. 리볼리가에서 나는 영어책 서점에 들어가 '탐정소설' 코너에서 내 책 중 한 권을 발견했다. 그렇다면 파리에서도 앰브로즈 가이즈의 『자비스』 시리즈를 구할 수 있구나. 책 재킷에 찍힌 저자 사진이 매우 침침하게 나와 있어서 그 옛날 나를 만났던 어느 누구도 앰브로즈 가이즈가 바로 나라는 것을 결코 알아차리지 못할 거라고 혼자 생각했다.

나는 앰브로즈 가이즈를 영국해협 저 건너편에 두고 왔다는 느낌으로 책장을 넘기며 훑어보았다. 내 생애의 지난 이십 년이 단번에 지워져버렸다. 앰브로즈 가이즈는 이제 더이상 존재하지 않았다. 나는 파리의 먼지와 더위 속에, 출발점으로 다시 돌아온 것이었다.

호텔로 되돌아오는 순간 어떤 불안감이 가슴을 조여왔다. 사람은 결코 출발점으로 되돌아오지 못하는 법이다. 어느 증인이 내 지난 삶을, 파리의 거리거리를 쏘다니면서 그 속에 파묻히던 젊은이를 아직까지 기억하겠는가? 어느 누가 베이지색 상의를 입은 이 영국 작가에게서 그의 모습을 알아보겠는가? 『자비스』 시리즈의 저자인 앰브로즈 가이즈에게서? 나는 내 방으로 올라와 커튼을 치고 침대에 가로질러 누웠다. 내가 없는 동안 문 밑으로 밀어넣어준 신문을 집어들고 뒤적거려보았다. 너무나 오랫동안 프랑스어를 읽어본 적이 없어서 또다시 미묘한 불안감이 가슴을 조여왔다. 순간, 오랜 기억상실 끝에 자신이 남긴 몇 가지 자취를 다시 찾게 될 때처럼 현기증이 밀려들었다. 나는 우연히 신문의 어느 페이지 하단에 게재된, 다음날 있을 도보 관광과 해설사 안내 목록이 실린 고정란에 눈길이 갔다.

에펠탑. 15시. 만나는 곳: 북쪽 기둥.

생트준비에브 언덕의 명소 및 지하실. 15시. 만나는 곳: 지하철 카르디날르무안역.

옛 몽마르트르. 15시. 만나는 곳: 지하철 라마르크콜렝쿠르역.

파시의 다양한 백 가지 무덤. 14시. 만나는 곳: 폴두메르대로와 트로카데로광장이 만나는 모퉁이.

옛 보지라르 거리의 공원. 14시 30분. 만나는 곳: 지하철 보지라르역.

마레 지구 북부의 사택들. 만나는 곳: 지하철 랑뷔토역 출구.

14시 30분.

우르크 운하의 알려지지 않은 모습: 라빌레트의 부교 및 루아르강변의 창고. 15시. 만나는 곳: 크리메가와 루아르강변길이 만나는 모퉁이.

오퇴유 사택 및 공원. 15시. 만나는 곳: 지하철 미셸앙주오퇴유역.

소요 시간 1시간 45분. (과거의 존재감.)

이 찌는 듯한 한여름 더위의 파리에서 너무 적적한 느낌이 들면 내일쯤 이런 안내 관광에 참가할 수도 있을 것이다. 그러나 지금은 다쓰케를 만나러 갈 시간이었다. 밤이 되었다. 택시는 샹젤리제를 따라 올라갔다. 이 길을 따라 걸어서 산책객들의 무리 속에 섞였다가 그랑드아르메대로에 있는 '스포츠 카페'에 들어가서 소년 마부들이나 정비공들이 서로 아련히 주고받는 말소리를 듣고 있었으면 좋았을 것을. 그러면 조금씩 조금씩 파리를 다시 알아갈 수도 있으련만. 그러나 그래서 무엇하겠는가? 이제부터 이 도시는 다른 어떤 외국 도시와 마찬가지라고 생각해야 했다. 내가 여기에 와 있는 것은 오로지 일본인 한 사람이 정한 약속 때문이다. 어쨌건 간에 택시가 구비옹생시르대로로 접어드는 순간 나는 '스포츠 카페'가 더이상 그 자리에 없다는 것을 알아차렸다. 그 카페가 있던 자리에는 푸른빛이 감도는 유리 건물이 새로 들어섰다.

'콩코르드' 호텔 프런트에서 나는 요코 다쓰케 씨를 만나고 싶다고 말했다. 그는 십팔층에 있는 '식당'에서 나를 기다리고 있었다. 승강기는 솜에 파묻힌 듯한 고요 속에 미끄러져 올라갔다. '파노라미크 플라미니오 피자'. 주황색 양탄자가 깔린 홀에 이런 황금빛 글자가 강철 벽을 따라 새겨져 있고 화살표가 입구 방향을 가리키고 있었다. 공항에서 듣게 되곤 하는 음악이 눈에 보이지 않는 스피커에서 흘러나왔다. 자줏빛 상의를 입은 보이가 안쪽 대형 유리창가의 테이블을 가리켜 보였다.

나는 회색 양복을 말끔하게 차려입은 일본 사람과 대면하게 되었다. 그가 자리에서 일어나 내게 머리를 숙이며 인사했다. 그러고는 이따금 담배 물부리를 입술로 가져가며 비웃음인지 친근감의 표시인지 분간하기 어려운 미소를 머금은 채 나를 응시했다. 공항에서 듣게 되곤 하는 음악이 은은하게 울렸다.

"다쓰케 씨군요?" 영어로 물었다.

"만나뵙게 되어 반갑습니다, 가이즈 씨."

보이가 차림표를 가져왔고 다쓰케 씨가 먼저 나서서 아주 유창한 프랑스어로 주문하기 시작했다.

"플라미니오 샐러드 둘, 시칠리아 피자 둘, 키안티 포도주 한 병, 샐러드는 드레싱을 아주 신경써서, 아시겠죠?"

그러고 나서 내 쪽으로 고개를 돌리며 이번에도 영어로 말했다.

"절 한번 믿어보세요…… 파리 최고의 피자집이거든요…… 저는 프랑스 요리에 물려서…… 뭔가 좀 색다른 걸로 변화를 찾고 싶어요…… 프랑스 식당에 가는 게 더 좋았을 걸 그랬나요?"

"천만에요."

"그래요…… 내가 잘못 생각했어요. 프랑스 식당으로 모실 걸 그랬습니다…… 프랑스 식당에 자주 다니시지 않았을 테니까요."

그는 이 마지막 한마디를 뻔하디뻔한 관광객에게 '파리 야간 관광'이나 시켜줄 걸 그랬다는 듯 우월감과 권태로움이 섞인 어조로 말했다.

"여보쇼, 걱정 마쇼. 나도 피자 좋아하니까." 불쑥 나는 이렇게 프랑스어로 말했다. 그렇게 오랜 세월이 지난 뒤에도 나는 내가 살던 옛 동네 불로뉴비양쿠르의 악센트를 고스란히 되살려냈다.

담배 물부리가 손에서 미끄러져 식탁보를 태우기 시작하는데도 내 말소리에 놀란 그는 알아차리지 못하고 있었다.

"이것 봐요, 그냥 뒀다간 다 그슬려먹겠어요." 나는 담배를 집어주면서 그에게 말했다.

이번에는 그의 눈에서 불안감마저 엿보였다.

"당신은…… 당신 프랑스어를 썩 잘하시는군요……"

"아니, 당신이 더 잘하는데요……"

나는 정답게 미소를 지어 보였다. 그는 칭찬을 받아 기분이 좋아진 듯 차츰 긴장을 풀었다.

"오 년 동안 프랑스 통신사에 근무했었거든요. 그런데, 당신은요?"

"오, 저는……"

말이 나오지 않았다. 그러자 그는 내 침묵을 존중해주었다. 플라미니오 샐러드가 나왔다.

"마음에 드십니까?" 그가 영어로 물었다.

"좋습니다. 그냥 계속 프랑스어로 대화하면 좋겠군요."

"원하신다면요."

어쨌든 보아하니 그는 내 프랑스어가 너무 유창해서 당황한 것 같았다.

"파리에서 만나자고 한 건 좋은 생각이었어요." 그에게 말했다.

"너무 번거롭지는 않으셨나요?"

"천만에요."

"출판사 일로 파리에 출장을 자주 오지요. 우리 회사에서는 프랑스 책을 많이 번역합니다."

"프랑스어로 이야기를 나눌 수 있어서 감사드립니다."

그는 내게로 머리를 수그리며 정다운 목소리로 말했다.

"아니, 가이즈 씨, 별말씀을 다 하십니다…… 프랑스어는 아주 아름다운 말인걸요."

음악이 멈췄다. 식당 입구 쪽의 커다란 테이블에서는 일행으로 보이는 일본인들이 일어서서 번갈아 샴페인잔을 절도 있게 쳐들어 건배했다. 안경을 쓴 품이라든가 땅땅한 몸집, 찰싹 붙여 빗은 머리로 보아 다쓰케와는 전혀 다른 종족인 것처럼 보였다.

"일본 사람들은 파리에 약해요." 그는 생각에 잠긴 듯이 담배 물부리로 재떨이 가장자리를 톡톡 두드리며 말했다. "가이즈 씨, 저는 여기 살던 시절에 참한 파리 여자와 결혼을 했었답니다. 미장원을 경영하는 여자였지요…… 불행히도 제가 일본으로 돌아가게 되자, 그 여자는 따라가지 않겠다고 했지요…… 다시는 그 여자를 만나지 못했습니다. 그 여자는 지금도 저 많은 불빛들 속 어딘가에 있을 겁니다……"

그는 머리를 수그리며 대형 유리창 너머로 파리 시가를 바라보았다. 우리 발아래로 파리 우안의 전경이 거의 다 내려다보였다. 가까이에는 관광지에서 흔히 볼 수 있는 삼각대로 받쳐진, 하지만 동전은 넣지 않아도 되는 망원경이 설치되어 있었다. 다쓰케는 거기에 한쪽 눈을 갖다대고 그 밑받침을 중심으로 이리저리 돌려보았다. 그는 망원경을 좌우로 움직이며 전경을 죽 둘러보기도 하고 렌즈를 아주 조금씩 조절하기도 하고 아니면 어떤 한 지점에 초점을 맞추고 오랫동안 꼼짝 않고 들여다보기도 했다. 무엇을 찾고 있는 것일까? 자기 아내를? 내게는 그런 기구가 필요 없었다. 그저 몇 개의 지형지물만으로 충분했다. 에펠탑이라든가 사크레쾨르성당이라든가 센강만 보면 서로 얽히고설킨 수많은 거리들과 낯익은 건물의 전면이 주마등같이 스쳐지나갔다.

"자, 가이즈 씨……"

그가 삼각대를 내게 밀어주었다. 이번에는 내가 망원경 렌즈에 눈을 가져다댔다. 나는 여태껏 이렇게 성능 좋은 망원경을 만져본 적이 없었다. 프레르광장가의 어느 한 카페에 초점을 맞추고 한동안 바라보았더니 테라스에 앉아 있는 고객들의 얼굴을 모두 분간할 수 있었고 심지어 인도 가장자리에서 망을 보고 있는 개의 형체까지도 알아볼 수 있었다. 나는 시원하게 뻗어나간 바그람대로를 훑어보았다. 어쩌면 옛날에 내가 살았던 트루아용가의 담쟁이덩굴이 뒤덮인 호텔 지붕도 보일지 몰랐다. 하지만 아니었다. 테른광장에서 에투알광장까지 바그람대로의 불빛이 어찌나 휘황찬란한지 주변은 상대적으로 등화관제 속에 잠긴 듯 어두워 보였다.

"이 망원경만 있으면 몇 시간이고 파리 거리를 골고루 구경할 수 있겠는데요, 안 그래요, 가이즈 씨?"

이제 식당 안에는 우리 둘밖에 없었다. 나는 망원경을 밀어놓고 유리창 너머로 파리 시가를 응시했다. 도시가 돌연 망원경으로 관찰한 어떤 별만큼이나 멀게 느껴졌다. 저 아래는 현란한 불빛과 혼잡함으로 가득찬 7월의 숨막히는 밤인데, 여기는 한기를 느낄 정도로 실내 공기가 차가웠다. 다쓰케가 재떨이 위에 담배 물부리를 떨구는 소리가 간간이 들려올 뿐 어슴푸레한 빛과 침묵이 짓누르고 있었다.

"신사 숙녀 여러분, 우리는 현재 파리 상공을 비행중입니다……"

그는 항공회사 승무원의 목소리를 흉내냈지만 얼굴에는 슬픈 표정이 어려 있어서 나는 적이 놀랐다.

"이제 일 얘기를 좀 해야겠군요, 가이즈 씨……"

발밑에 놓아두었던 서류가방에서 그는 여러 장의 서류를 꺼냈다.

"여기 서명해주셔야 하는 계약서입니다…… 일본어 원문과 영어 번역인데…… 선생님은 모두 다 알고 계신 내용일 테니 그냥 서명만 하시면 되겠군요……"

각기 다른 세 가지 종류의 계약이었다. 『자비스』의 사진 소설 시리즈 제작 판권과 텔레비전 연속극 제작 판권, 그리고 몇 가지 에피소드를 이용해 도쿄에 있는 '기미히라' 연쇄점용 장난감이나 옷, 기타 액세서리 등을 상품으로 개발하기 위한 계약이 바로 그것이었다.

"가이즈 씨, 솔직히 말씀드려서 저는 우리 나라 사람들이 왜 선생의 책에 그토록 열광하는지 잘 이해가 가지 않습니다……"

"저 역시 그래요……"

그는 백금 만년필을 손가락 사이로 미끄러뜨리듯 내게 건네주었다. 나는 계약서에 한 장 한 장 서명했다. 그러고 나서 그는 옅은 청색 바탕에 핑크색 고딕 글자가 인쇄된 수표 한 장을 내밀었다.

"여기 있습니다." 그가 말했다. "계약 세 건에 8만 파운드의 선불금을 얻어냈지요."

나는 건성으로 수표를 둘로 접었다. 그는 계약서를 서류가방 깊숙이 집어넣고는 무심한 동작으로 가방 지퍼를 끌어올렸다.

"다 됐습니다, 가이즈 씨…… 계약은 만족하십니까?"

"내가 아주 저급한 문학을 하고 있다고 생각하시겠죠, 아마?"

"그건 문학이 아니지요, 가이즈 씨. 전혀 다른 거지요."

"동감입니다."

"정말로요?"

"이십 년 전에 내가 『자비스』 시리즈를 시작했을 때 나는 고급이건 저급이건, 문학을 하자는 것이 아니었고 그저 무엇이건 하자는 것이었어요. 시간이 급했으니까요."

"불명예스러울 건 전혀 없어요, 가이즈 씨. 피터 샤이니나 이언 플레밍의 뒤를 밟는 것이니까요."

그는 잠금쇠에 반짝이는 보석이 박힌 금제 담뱃갑을 내 앞으로 내밀었다.

"아뇨, 괜찮습니다. 글을 쓰기 시작하면서 담배를 끊었습니다."

"아니 그런데 프랑스어를 어떻게 그리 잘하시지요?"

"프랑스에서 태어나 스무 살이 될 때까지 여기서 살았지요. 그러고 나서 프랑스를 떠났고 영어로 글을 쓰기 시작했어요."

"영어로 글쓰는 게 어렵지 않던가요?"

"아뇨, 영어를 잘했거든요. 어머니가 영국인이었어요. 어머니는 오래전부터 파리에 사셨고요. 여러 뮤직홀에서 쇼를 하며 지냈습니다."

"어머니께서…… 쇼를?"

"네, 파리에서도 가장 멋진 쇼걸이었어요."

그는 나를 빤히 쳐다보았다. 불안감과 연민이 섞인 시선이었다.

"내가 태어난 도시에서 만나자고 해주셔서 여간 기쁘지 않았답니다." 그에게 말했다.

"계약서와 수표를 우편으로 런던에 보내드렸더라면 훨씬 간단했을걸……"

"아뇨, 아네요…… 무슨 핑계가 있어야 파리에 다시 와보지요…… 파리에 다시 발걸음을 하지 않은 지 벌써 이십 년입니다……"

"프랑스는 왜 떠나셨었나요?"

나는 이 문제를 설명해줄 만한 격언 같은 것이나 일반적으로 적절한 한마디를 찾아보려고 애썼다.

"인생이란 앞뒤로 이어진 여러 주기들의 연속이랄까요…… 그래서 이따금 '출발점'으로 되돌아와보기도 하지요. 파리에 돌아오면서부터 이제 앰브로즈 가이즈는 더이상 존재하지 않는다는 느낌이에요."

"아직도 파리에 가족이 있나요?"

"아무도 없어요."

그는 마치 무슨 바보 같은 말이나 하게 되지 않을까 염려스러워하는 듯 잠시 머뭇거렸다.

"간단히 말해서 고향 순례를 해보고 싶으셨던 거로군요?……"

그가 약간 엄숙한 어조로 이런 말을 하자 나는 이 사람이 나를 놀리는 것이 아닌가 하는 생각이 들었다.

"그렇게 되면 추억을 담은 책의 소재가 되겠는데요. 가령 '파리에 온 자비스' 같은 제목을 붙인……"

"그건 그럼 『자비스』 시리즈의 몇 권째가 될까요?"

"제9권이죠."

"우리 일본 독자들이 그 책을 다른 『자비스』 시리즈만큼 좋아

할지 잘 모르겠습니다만 꼭 쓰셨으면 좋겠습니다. 개인적으로 저는 늘 자서전류를 좋아했거든요."

"그건 이를테면 작가 자신이 직접 쓴 예술가의 초상이 되겠군요." 나는 심각한 어조를 유지하려고 애쓰며 말했다.

"아주 재미있을 것 같군요, 가이즈 씨."

"내가 그 책을 쓴다면 물론 프랑스 말로 쓸 겁니다."

"그렇다면 제가 가장 세심한 애독자 중 한 사람이 되겠네요. 틀림없어요." 그는 사무라이 같은 단호하면서도 우아한 태도로 머리를 약간 숙이며 말했다.

그러고는 시계를 들여다보았다.

"자정이라…… 이만 실례해야겠습니다…… 출판사에 제출할 보고서를 작성하는 일이 남았거든요…… 전 내일 아침 일곱시에 도쿄로 떠날 예정입니다……"

우리는 텅 빈 식당 홀을 가로질러갔다. 발소리가 양탄자에 묻혔다.

"배웅해드리지요." 다쓰케가 말했다.

승강기는 층층마다 멈췄고 문이 끝없이 이어진 똑같이 생긴 층과 복도를 향해 열리고 닫혔다. 그러자 다쓰케는 이러다가 어쩌면 우리가 위층으로 다시 올라갔다가 무한정 위아래를 오르내리게 되지 않을까 걱정이라도 되는 듯 일층 버튼을 힘주어 꾹 눌렸다. 그러나 눌러봐야 소용없었다. 승강기는 꿈쩍도 않은 채, 오지 않는 손님을 몇 분씩이나 더 기다렸다. 그렇게 문이 열릴 때마다, 인적 없는 복도에 오렌지색 양탄자와 새틴 천을 바른 강철 벽과 검은 래커칠을 한 객실 방문이 우리 앞에 까마득하게 펼쳐졌다.

일층 홀의 긴 의자에는 두 그룹의 관광객들이 앉아 있었다. 사십대로 보이는 독일 여자 이십여 명과 어두운색 양복을 입은 비슷한 나이에 비슷한 수의 일본 남자들이었다. 그들은 성이 난 듯한 얼굴로 마주보고 있었는데 붉은색 글자로 'R.M.'이라고 인쇄된 패찰을 개목걸이처럼 차고들 있었다.

"R.M.이 무슨 뜻인지 아십니까?" 다쓰케가 물었다. "'세계의 만남Rencontres mondiales'의 약자지요…… 7월이 되면 이 호텔에서 여러 그룹의 관광객들을 서로 만나게 해주는 관광 기관입니다. 언제나 같은 수의 남자들과 여자들을 말입니다……"

그가 내 팔을 잡았다.

"저녁마다 두 그룹이 이 홀에 도착하지요. 남자들과 여자들이 말입니다…… 우선 그들은 서로를 관찰합니다…… 그러고 나서 서먹함이 차츰차츰 깨지고…… 짝을 짓는 겁니다…… 보세요…… 하룻밤 동안 안면을 트고 친해지는 거예요…… 저는 바에서 아주 기묘한 장면들을 목격했지요…… 매우 독창적인 관광이에요, 안 그래요?"

그중 일본 남자 하나가 그룹에서 빠져나와 마치 다른 사람들에게서 전권대사 임무를 받기라도 한 듯 엄숙한 태도로 독일 여자 그룹 쪽으로 걸어갔다. 이번에는 독일 여자들 중 하나가 그에게 다가갔다.

"봤어요? 짝짓기 절차가 시작된 거예요…… 남자들은 저마다 자기 짝이 될 여자의 사진을 갖고 있어요…… 상대 쪽도 마찬가지고요…… 조금 있으면 저 사람들은 서로 뒤섞이게 됩니다. 손에 사진을 들고 서로를 알아보려고 애쓰면서요…… 7월의 파리에는 별일도 다 있지요, 안 그래요?"

그는 내 팔을 꽉 잡고 나를 호텔 출구 쪽으로 안내했다.

"이곳에 며칠간 머무르실 예정입니까?" 그가 내게 말했다.

"모르겠어요…… 날씨도 너무 덥고 또 그냥 관광객이 된 기분이라서."

문득 나는 혼자 남게 되는 것이 겁이 났지만 그렇다고 그에게 한 잔만 더 하자고 청할 엄두도 나지 않았다.

"이번에 파리에 다시 돌아와 어떤 영감이 떠오른다면 잘된 일이겠네요…… 추억을 글로 쓴다는 아이디어, 제가 보기엔 아주 흥미 있는 것 같습니다만……"

"노력해보지요." 나는 담담한 목소리로 말했다.

호텔 출구에 이르자 더위로 더욱 숨이 막혔다. 정말이지 냉방 장치가 된 서늘한 공기 속에 조금만 더 머물고 싶은 생각이 간절했다. 호흡이 곤란할 지경이었다.

"문제는, 이젠 이곳에 아는 사람이 아무도 없다는 겁니다." 내가 말했다.

"심정이 어떠실지 이해가 갑니다…… 저 역시, 아내가 떠나버린 후로는 파리가 전에 살던 그곳이 아닌 것 같은 느낌이거든요……"

호텔 앞에는 택시들이 줄을 서서 기다리고 있었다. 그중 하나에 몸을 싣고 카스틸리온가에 있는 호텔방으로 홀로 외로이 돌아가야 한다는 생각이 더위보다도 더 무겁게 내 마음을 짓눌러왔다.

"내일 아침에 비행기를 타시는 편이 더 낫지 않을는지요. 저처럼 말입니다…… 자기가 예전에 살던 곳으로 되돌아와 순례 여행을 하는 건 바보 같은 짓입니다…… 가령, 저는 말입니다, 저는 아내가 운영하는 미장원이 있던 마튀랭가에는 발걸음을 하지 않습니다…… 이해하시겠지요?"

그는 택시 문을 열고는 내 어깨를 가볍게 밀면서 나를 차에 태웠다. 나는 좌석에 털썩 주저앉았다.

"계약서를 직접 전해드리게 되어 다행입니다…… 하지만 가

급적 빨리 파리를 떠나도록 하세요…… 정말이지 제 생각으로는 그냥 남아 계시는 건 바람직하지 못한 것 같아요……『자비스』 시리즈 신작을 한 권 더 쓰세요…… 믿고 있겠습니다, 가이즈 씨."

그는 차문을 닫았다. 택시가 신호등 앞에서 멈추자 나는 차창 너머로 다쓰케를 물끄러미 바라보았다. 그는 인도 가장자리에서 덤덤한 얼굴로 한 손을 상의 주머니에 찔러넣은 채 꼿꼿하게 서 있었다. 이십 년 만에 이 도시에, 혼자 돌아와, 7월의 찌는 듯 무더운 밤에 옅은색 양복을 입은 일본 사람에게서 눈길을 떼지 못하고 있다니 얼마나 이상한 일인가.

호텔에 돌아오자 프런트의 관리인이 미소를 지으면서 내 방 열쇠를 내밀며 영어로 말했다.

"즐거운 시간 보내셨습니까, 선생님?"

"프랑스어로 말해도 돼요."

그는 잠시 놀란 표정을 지어 보였으나 이내 다시 미소를 띠었다. 아마도 나를 벨기에인이나 스위스인쯤으로 여긴 모양이었다.

"파리엔 혼자 오셨습니까?"

"네."

"그렇다면…… 혹시 관심이 있으실지 모르겠습니다만……"

그는 명함보다 약간 더 큰 규격의 붉은색 카드 한 장을 내밀었다.

"밤 파리의 눈요깃거리에 흥미가 있으시다면……"

그는 공모자가 된 듯한 미소로 나를 훑어보면서 카드를 내 상의 주머니에 밀어넣었다.

"전화만 하시면 됩니다, 선생님……"

승강기에서 나는 주머니에 든 붉은 카드를 꺼내보았다. 거기에는 검은 글씨로 이렇게 인쇄되어 있었다.

헤이워드.

고급 승용차 대여 회사—운전기사가 딸린 전세 자동차.

관광 코스, 파리 야간 관광.

로댕대로 2번지(16구). 트로카데로 국 46-26번.

기이한 이름이긴 했지만 헤이워드라는 이름에 즉각적으로 관심이 끌린 것은 아니었다. 나는 창문을 양쪽 다 활짝 열어젖힌 다음 아내에게 전화를 걸기로 마음먹었다. 아직 새벽 한시가 안 된 시각이었다. 아내는 항상 늦게 잠자리에 들곤 했다. 전화를 받은 사람은 브리스토였다.

"부인은 아직 안 돌아오셨어요. 친구분들과 같이 극장에 가셨습니다."

"나 때문에 깨신 건 아닌가요?"

"아닙니다, 선생님. 마이넛 양과 장기를 두고 있었습니다. 마이넛 양과 직접 통화하시겠습니까? 애들 얘기를 좀 들으시게 말입니다."

"애들은 자고 있죠?"

"잡니다, 선생님. 아홉시 반까지 텔레비전을 보았고요. 마이넛 양과 저는 마음이 약해서 그만…… 월트 디즈니 영화였습니다, 선생님. 부인께 오늘밤에 전화를 드리라고 전할까요?"

"아뇨, 내일 다시 전화하겠어요. 런던은 파리처럼 덥지 않았으면 좋겠군요."

"여긴 견딜 만합니다."

"다행이군요."

"수요일 아침에 히스로공항으로 마중 나가면 되는 거지요, 선생님?"

"아녜요, 파리에 며칠 더 있을 예정입니다."

"알았습니다, 선생님."

"장기 재미있게 두시오, 브리스토."

"감사합니다, 선생님."

상의를 벗기 전에 나는 주머니를 모두 비웠다. 여권, 동전, 수첩…… 나는 다쓰케가 준 수표를 펴보았다. 8만 파운드라는 숫자와 옅은 푸른색 바탕에 찍힌 핑크색 고딕체 글자가 전화기로 들리던 브리스토의 목소리만큼이나 비현실적으로 느껴졌다. 그렇지만 다시 돌아오게 되리라는 생각은 못한 채 파리를 떠났던 날 이후, 지난 이십 년 동안, 내 삶의 모든 것이 너무나도 빈틈없고 단단하게 잘 짜여져왔고 의심스러운 구석은 하나도 없었다…… 더이상 어두운 그림자가 진 구석이나 불안정한 면은 조금도 없었다…… 런던에 도착하자마자 해머스미스의 초라하고 작은 방에서 쓰기 시작했던 『자비스』 시리즈는 오늘날 서른아홉 살이 된 나를, 다쓰케의 말마따나 "새로운 이언 플레밍"으로 만들어놓았다. 모든 것이 나를 행복하게 해주기에 충분했다. 출판사에서 『자비스』 첫 권 표지에다가 사진을 싣고 싶어할 정도로 매력적이고 아름다운 아내. 그리하여 책에 실리게 된 그 도발적인 사진은 결과적으로 책이 잘 팔리는 데 큰 도움이 되었다. 그리고 한 가지 결점을 찾자면 텔레비전 보는 걸 너무 좋아한다는 것뿐인 귀여운 세 아이. 러틀랜드 게이트의 숲이 무성한 지역에 있는 집. 클로스터스의 산장. 그리고 작년에는 드디어 오래된 꿈도 이루었다. 바로 오르치 남작부인의 소유였던 모나코의 별장을 매입하는 것. 해머스미스에서 수업 받던 시절에 나는 영어에 숙달되기 위해서, 『붉은 무롱』의 갖가지 모험 속에서 내 『자비스』를 쓸 수 있는 충동과 의지를 얻어내기 위해 남작부인의 작품을 읽고 또 읽곤 했던 것이다. 이를테면 나의 문학적 대모라 할 수 있는 친애하는 남작부인의 뒤를 이어서 나는 몬테카를로 라코스타대로 19번지의 주인이 된 것이었다.

나는 침대에 누웠다. 더위 때문에 사소한 움직임도 귀찮았지만 낡은 공책이 놓여 있는 침대맡 협탁으로 팔을 뻗어 그 공책을 베개 옆으로 옮겨놓았다. 그걸 꼭 들춰보고 싶은 생각은 없었다. 가장자리가 헐어빠진 초록색 표지, 왼쪽 구석에는 나선형 모양과 삼각형이 그려져 있고 상단에 '클레르퐁텐'이라고 적혀 있는 공책. 어느 날 바그람대로의 한 문구점에서 샀던, 주소와 전화번호, 약속 등을 메모해두던 아동용 공책. 이것은 시효가 지나버린 프랑스 여권과 이제 담배를 피우지 않기 때문에 쓸모없어져버린 가죽 담뱃갑과 더불어 파리에서 살았던 내 옛 삶의 유일한 흔적이다.

그 공책을 한 장 한 장 찢어버릴 수도 있겠지만 이제는 그런 수고를 할 필요조차 없었다. 거기 적힌 전화번호들은 일찌감치 아무도 대답하는 사람이 없어진 숫자에 불과했다. 그렇다면 도대체 나는 왜 턱에서 목덜미로 흘러내리는 땀을 옷소매로 문질러가며 파리의 호텔방 침대에 누워 있단 말인가? 아침 첫 비행기를 잡아타고 러틀랜드 게이트의 서늘한 공기 속으로 되돌아가면 그만일 텐데……

나는 머리맡의 전등불을 껐다. 창문은 열려 있었고 카스틸리온가의 푸른 형광 불빛에 방안의 모든 물체들이 그 윤곽을 뚜렷이 드러냈다. 거울 달린 장, 비로드 안락의자, 원탁, 벽등, 격자무늬 그림자가 천장을 스쳐지나가고 있었다.

나는 두 눈을 커다랗게 뜬 채 꼼짝 않고 누워서 지난 이십 년 동안 몸을 파묻어 감춰왔던 영국 작가라는 두꺼운 갑옷을 천천히 벗기 시작했다. 꼼짝 말 것. 낙하산을 타고 뛰어내리듯 오랜 세월의 층을 거쳐 마침내 낙하가 완료되기를 기다릴 것. 옛 파리에 다시 착지할 것. 폐허를 찾아 살펴보고 거기에서 자신의 자취를 발견하도록 노력할 것. 그동안 미결 상태로 공중에 떠 있던 모든 의문을 풀도록 애쓸 것.

자동차 문을 쾅 닫는 소리, 말소리, 웃음소리가 저 아래 길바닥으로부터 들려왔다. 아케이드 아래를 지나는 발소리도 들렸다. 내 옆에 놓인 공책이 허연 반점처럼 보였다. 잠시 후에 그걸 들춰보리라. 유령의 목록. 그렇다, 하지만 혹시 또 모르는 일 아닌가? 그중 몇몇은 더위에 짓눌린 이 도시 속에 아직도 출몰할지 모른다.

머리맡 탁자 위에는 관리인이 준 붉은색 카드가 놓여 있다. 검은 글자로 찍힌 헤이워드라는 이름. 그 이름이 내게 무언가를 상기시킨다. 그렇지. 헤이워드……

공책의 표지와 첫 페이지 사이에는 네 면으로 접힌 편지 한 장이 끼여 있었다. 십 년 전에 로크루아가 출판사를 통해 내게 보낸 편지였다. 나는 그때 이후 한 번도 그 편지를 다시 읽어본 적이 없다.

친애하는 친구. 내가 프랑스, 영국, 미국의 탐정소설을 많이 읽는 독자라는 것을 당신도 기억하실 거요. 그래 며칠 전 저녁에도 나는 그런 유의 책을 한 권 샀다오. 감미로운 갈색 머리 여자 사진이 실린 표지가 맘에 들어서 산 『나를 사랑하는 자비스』라는 책이었소. 뒤표지에 있는 앰브로즈 가이즈라는 저자 사진을 보았을 때 나는 얼마나 놀랐는지 모른다오. 축하하오. 그런데 사람이 그러면 못써요. 나야 저자가 직접 서명한 증정본을 하나 받으면 좋겠소만, 당신은 이제 옛날에 내가 파리에서 알던 그 사람과는 아무 상관 없는 새사람이고 싶어한다는 걸 잘 알겠소. 하지만 파리 시절의 청년도 훌륭한 사람이었지…… 입 다물고 가만 있을 테니 걱정 마시오. 아무렴, 이제 장 데케르는 존재하지 않는 거요. 앰브로즈 가이즈를 아는 영광은 갖지 못했지만 말이오. 그러나 절대 안심하시오. 나는 작가들을 직접 만나려고 애쓰는 사람이 아니라오. 그저 책을 읽는 것으로 족하오. 당신의 다음 작품을 애타게 고대하고 있소. 지금까지 이곳에서는 그 누구도 당신이 앰브로즈 가이즈가 되어 있다는 것을 모르오. 프랑스의 어떤 계몽철학자가 말했듯이 "우리들은 종종 어떤 침묵 덕분에 살아가고 있소." 나의 침묵을 믿어 의심치 마시오.

당신의 책은 처음부터 끝까지 '탐정소설' 투에서 벗어나지 않지만 어떤 대목에서는, 조금만 더 노력을 했더라면 진짜 문학작품을 만들 수도 있었을 텐데 하는 인상을 주기도 하오. 하여간 당신은 고맙게도 나같이 한심한 사람들이 잠 못 드는 밤을 용케 넘기도록 도와주고 있으니 그만해도 벌써 큰일을 한 것이라오.

나는, 주인공이 방황하는 그 비밀 세계를 묘사하기 위해 당신이 자신의 경험을 이용하고 있는 것 같다는 인상을 받았소. 가령 옷은 언제나 두 가지, 남색과 회색 플란넬만 입고 다니며 누운 채로 의뢰인들을 맞는, 자살한 변호사 같은 인물 말이오…… 내가 가진 그런 세세한 면이 당신에게 그토록 인상적이었다는 사실을 나는 전혀 모르고 있었소. 대부분의 사람들이 우연히 작가를 만났을 때 무언가를 기대하는 것처럼 나 역시 책을 읽으면서 그 속에 나오는 인물이 나 자신이라고 생각하고 있으니 주제넘은 일이지요……

내가 당신에게 파리 소식을 전하거나, 앰브로즈 가이즈가 되기 전의 당신이 이곳에서 함께 어울리던 사람들 소식을 알려줘봐야 필시 당신은 별 흥미를 못 느낄 테지요. 아니 어쩌면 귀찮게 여겨질지도 모르겠소. 걱정 마시오. 당신의 젊은 시절을 지켜본 증인들은 이제 모두 하나씩 하나씩 사라져가고 있소. 당신은 젊어서 그들을 알았지만 당시에 그들은 이미 인생의 황혼을 맞이하고 있었다오.

나는 아직 이 한 목숨을 없애버리기로 결심하지는 않았지만, 당신 책에 나오는 변호사처럼 말이오, 혹시 그러고 싶은 생각이 들게 되면 당신이 그 소식을 가장 먼저 접하게 될 거요.

그럼 앰브로즈 가이즈에게 모든 성공과 행복이 깃들기를 기원하오.

로크루아

그러나 그는 아무런 소식도 전해오지 않았다. 오 년 후 런던, 나는 몽펠리에 광장 부근 신문 잡지 가판점에서 프랑스 간행물들 쪽으로 시선을 던지지 않을 수 없었는데 그때 어떤 석간신문에서 내가 읽었던 그 기사가 지금 이 편지 봉투 속에서 나온 것이다.

파리 재판소의 전 변호사 다니엘 드 로크루아 씨가 어제저녁 파리 자택에서 자살했다. 다니엘 드 로크루아 변호사는 전쟁 전에 파리에서 변호사 개업을 했고 연수원 원장을 지냈다. 명성 높은 민법 전문가로서 그는 큰 사건을 많이 맡았다. 1969년 드 로크루아 변호사는 파리 법조계에서 3개월 동안 자격정지 처분을 받은 바 있다. 직업 규칙을 위반했다는 이유에서였다. 이 같은 징계위원회의 결정에 대하여 그는 사표를 던져 대응했는데 사표의 내용이 과격하여 잠정적 자격정지가 종신 제명으로 바뀌고 말았다.

50년대에 다니엘 드 로크루아는 야간 생활을 즐겨하고 각양각색의 계층과 어울려 다님으로써 '법조계의 보헤미안'으로 널리 알려져 있었다.

새벽 무렵에 나는 호텔을 나왔다. 날씨가 전날보다는 덜 무더웠고 아케이드를 따라 콩코르드광장까지 걸어갈 때는 미풍이 부드럽게 어루만지는 듯한 느낌마저 들 정도였다. 나는 발걸음을 멈추고 가만히 서서 인적 없는 광장과 샹젤리제를 바라보았다. 얼마 후 하얀 반점 같은 것이 대로의 한가운데를 따라 내려오고 있는 것이 보였다. 자전거를 타고 가는 사람이었다. 그는 테니

스복 차림으로 자전거 핸들을 놓은 채 달리고 있었다. 그는 나를 거들떠보지도 않고 광장을 가로지른 다음 다리의 반대편 강변도로로 사라져버렸다. 그 사람과 나, 두 사람은 그야말로 이 도시의 마지막 남은 시민이었다.

빠끔히 열린 철책을 통해 나는 튈르리공원으로 들어가 공원 안 중앙 산책로에 있는 벤치에 앉아 해가 완전히 뜨기를 기다렸다. 아무도 없었다. 석상 외에는 아무것도 없었다. 연못의 분수에서 물이 뿜어져나오는 소리와 내 머리 위 마로니에나무 잎새 사이에서 새들이 지저귀는 소리 외에는 아무 소리도 들리지 않았다. 저기 물안개를 뚫고 솟아올라 있는, 생나무로 지은 간이매점에서 나는 어린 시절에 사탕 같은 간식거리들을 사먹곤 했는데, 지금은 문이 닫혀 있었다. 어쩌면 아주 문을 닫아버린 것인지도 모른다.

나는 다니엘 드 로크루아 생각을 멈출 수가 없었다. 나는 끝내 그에게 답장을 보내지 않았는데 그 무렵 내게는 파리 시절의 삶이 너무나도 아득하게만 여겨졌기 때문이다. 그 시절의 생활이나 그때 내가 알았던 사람들에 대해서 또다시 회상하고 싶지 않았다. 심지어 로크루아의 죽음조차도 내겐 덤덤하게만 느껴졌었다. 그런데 오 년이 흐른 지금에 와서 그의 죽음은 해답을 찾지 못한 그 무엇처럼 고통과 회한을 불러일으키는 것이다. 아마도 그는 어둠에 싸여 있는 곳에 빛을 던져줄 유일한 인물이었는지도 모른다. 나 스스로에게 수없이 던지곤 했던 모든 질문을 나는 왜 그에게 때맞춰 물어보지 못했던 걸까?

정원사가 잔디밭 한가운데에 스프링클러를 설치하고 있었다. 카키색 셔츠에 파란색 바지를 입은 흑인이었다. 스프링클러의 꼭지를 작동시키자 꼭지는 신경질적으로 흔들리더니 좌우로 돌아가며 잔디에 물을 뿌리고는 원점으로 되돌아오곤 했다.

정원사는 육십대로 보였는데 은빛 머리칼이 검은 피부와 대비되어 유난히 눈에 띄었다. 그를 관찰하면 할수록 그가 내 오랜 기억 속에 간직되어 있는 그 사람과 동일 인물이라는 확신이 굳어져갔다. 그 정원사 역시 흑인이었고, 제네랄르모니에대로 쪽에서 튈르리공원에 들어서면 보이는 첫번째 큰 연못 오른쪽 잔디밭의 잔디를 깎고 있었다. 어린 시절 어느 날 아침 오늘처럼 인적 없이 햇빛만 가득 쏟아지던 공원에서 보았던 광경이었다. 잔디 깎는 기계의 윙윙거리는 소리가 들려오고 풀내음이 풍겨왔다. 중앙 산책로 저편, 아름드리나무들이 숲을 이룬 음지 쪽에는 아직도 녹원 극장이 그대로 있을까? 청동 사자는? 또 목마들은? 그 주랑현관 같은 구조물 아래에 있던 발데크루소의 반신상은? 그리고 센강을 굽어보는 테라스 입구의 녹색 저울은 아직도 있을까?

나는 인형극 극장과 회전목마 사이에 있는 간이식당 탁자 앞에 앉았다. 날이 어찌나 더운지 마로니에나무 그늘에 앉은 나는 직사광선을 받으며 리볼리가의 계단과 철책까지 걸어갈 엄두가 나지 않아 오랫동안 망설였다. 그것은 마치 사막의 뜨거운 모래를 밟으며 걷는 것과 같았다. 마침내 서늘한 아케이드로 들어서니 안도감이 밀려왔다.

나는 호텔 관리인에게 전화번호부를 달라고 했다. 그리고 방에 올라와 햇빛을 가리기 위해 다시 커튼을 친 다음 침대 머리맡의 불을 켰다. 전화번호부에서 로크루아란 성은 여전히 그의 옛 주소 쿠르셀가 45번지와 나란히 실려 있었지만 바티에라는 성이 결합되어 로크루아-바티에로 되어 있고 번호는 227-34-11이었다. 나는 한 번도 기타 바티에가 로크루아의 여비서인지 동업자인지 아니면 그보다 훨씬 은밀한 관계인지 정확하게 알지 못했다. 그의 아내였을까? 로크루아와 관계있는 사람이면 모두 가능한 추측이다.

나는 검지손가락으로 떨면서 227-34-11번을 돌렸다. 신호가 계속해서 여러 번 울렸고 몇 분 후 마침내 누군가 전화를 받았다. 침묵.

"여보세요?…… 저 죄송하지만 기타 바티에 좀…… 바꿔주셨으면……" 나는 말을 더듬거렸다.

"전데요."

나는 그녀의 쉰 듯한 목소리를 알아들었다. 크게 숨을 한번 들이마셨다.

"장 데케르예요…… 아마 잊어버렸을지도 모르겠지만."

내 소개를 진짜 이름으로 해본 지가 너무 오래되어서 마치 내가 어떤 다른 사람이라도 된 느낌이었다.

"장 데케르라고요?…… 그러면 앰브로즈 가이즈란 말예요?"

그 여자는 뜻밖인 동시에 재미있다는 듯한 어조로 이렇게 말했다.

"네…… 앰브로즈 가이즈……"

"파리에 와 있어요?"

"네…… 그래서 만나볼 수 있을까 해서……"

침묵.

"나를 만난다고요? 내가 너무 변했다고 생각하실 텐데……"

"아녜요……"

"당신 책을 읽었어요. 드 로크루아가 당신 책을 아주 좋아했어요……"

그 여자는 항상 드 로크루아라고 불렀다.

"로크루아가 오래전에 내게 편지를 한 적이 있었어요."

"알고 있어요."

다시, 침묵.

"그래 정말로 나를 만나고 싶어요?"

"정말로요."

"그럼 오늘 오실 수 있으면 오세요. 하루종일 여기 있을 거예요. 몇시면 좋겠어요?"

"오후는 어떨까요?"

"오늘 오후요? 좋아요. 오후 언제든 오세요…… 기다릴게요."

"다섯시쯤에 뵐까요? 당신을 만나게 되다니 정말 기뻐요."

"나도 그래요, 장. 아니 참, 앰브로즈 가이즈 씨."

단지 나의 착각일까? 그녀의 목소리에 애정이 담겨 있었다면……

햇살이 너무 강해 나는 차라리 지하철을 타기로 했다. 자동 검표기를 이용해야 했기 때문에 나는 좀 당황했지만 다른 승객들이 하는 대로 따라서 차표를 구멍 속으로 밀어넣었다.

지하철 통로의 냄새는 이십 년 전이나 다름없었다. 전차는 조용히 미끄러져갔다. 옛날처럼 규칙적으로 덜컹거리는 소리도 나지 않았고 차가 기우뚱거려서 어깨가 차창 유리에 부딪히는 일도 없었다. 정거장 모습도 대부분 변했다. 그런데도 몇몇 정거장들은 완전히 잊히기라도 했다는 듯이 예전의 조그만 장식 타일이라든가 광고판의 황금색 장식 틀이라든가 폭이 좁은 와인빛 벤치를 그대로 간직하고 있었다. 저기 저 벤치에서 기다리고 있는 사람들은 어쩌면 이십 년 전부터 지금까지 꼼짝달싹 않고 앉아 있는 것인지도 모른다. 그러나 다음 정거장에 이르자 나는 다시 현재로 돌아왔다.

나는 쿠르셀가의 언덕길을 걸어올라갔다. 그늘진 왼쪽 인도를, 그러니까 45번지가 있는 쪽이었다. 건물 대문 앞에 이르자 공연히 겁이 난 나는 몽소가와 만나는 길모퉁이에서 원을 그리면서 끝나는 건물의 전면을 따라 서성거렸다. 길쭉하고 커다란 창문과 발코니가 달린 이 장중한 건물의 전면은 옛날보다 더 밝아 보였다. 아마 내가 못 본 사이에 도료를 다시 바른 모양이었다. 둥근 건물 모서리 부분 2층의 쇠로 된 덧문은 닫혀 있었다. 그 맞은편에는 중국식 탑이 서 있다. 나는 로크루아의 사무실 창문에 서서 석양으로 물든 장밋빛 하늘을 배경으로 그 탑이 서서히 윤곽을 드러내는 모습을 자주 바라보곤 했다.

나는 포치를 지나 유리문을 밀고 들어선 다음 각층의 호수와 거기에 사는 사람들의 이름이 기록된 현관의 안내판을 훑어보았다. '로크루아-바티에'를 제외하고는 모두가 회사 이름뿐이었다. 나는 승강기를 타기보다 멋들어진 계단을 걸어올라가기로 했다.

삼층 층계참에서 나는 잠시 주춤했지만 로크루아의 집이 왼쪽 문이라는 것을 마침내 기억해냈다. 그리고 벨을 눌렀다. 문 뒤에서 발소리가 들렸다.

"누구세요?"

"장 데케르예요."

문이 열렸지만 마치 원거리에서 자동 장치를 작동시켜 열기라도 한 것처럼 아무것도 보이지 않았다. 나는 안으로 들어갔다. 캄캄했다. 문이 다시 닫혔다. 손전등 불빛이 내 얼굴에까지 뻗쳐 올라와서 눈이 부셨다.

"미안해요, 장. 이 방의 전등이 고장나서요."

벽에는 베이지색 페인트가 칠해져 있고 천장에는 샹들리에가 달려 있던 상당히 넓었던 현관에 대한 기억이 되살아났다.

"이쪽으로, 장……"

그녀는 내 팔을 잡은 채 손전등 불빛으로 앞을 비추면서 현관을 가로질러 나를 안내했다. 우리는 빠끔히 열린 이중문을 지나 로크루아의 사무실로 쓰이던 큰 원형 공간에 이르렀다. 창문들은 쿠르셀가와 몽소가 양쪽으로 나 있었다. 그러나 안쪽 덧문이 모두 다 잠겨 있었고 커튼이 다 내려져 있었다. 불빛은 서가 옆의 세 발 달린 램프에서 흘러나오고 있었다.

"더워서 닫아뒀어요……"

작은 탁자 위에서 선풍기가 웅웅 돌아가고 있었다. 그녀는 내게서 몇 발짝 떨어진 어두운 곳에, 내 눈길이 잘 닿지 않는 곳에서 있었다. 나는 그녀에게 몸을 돌렸다.

"나 변했지요?"

그녀가 망설이는 목소리로 물었다. 흰색 타월 천으로 된 가운 차림에 흉터를 가리려는 듯 목에는 짙은 푸른색 목도리를 두르고 있었다. 아니, 그녀는 변하지 않았다. 약간 불거져나온 밝은 빛깔의 큰 눈, 이십 년 전보다 더 짧아진 금발, 또렷하고 둥근 눈썹……

"전혀 안 변했는데요……"

그녀는 어깨를 으쓱했다.

"듣기 좋으라고 그렇게 말씀하시는 거겠죠 뭐. 앉으세요……"

그녀는 초록색 비로드를 씌운 안락의자를 손짓해 보이고 나서 자신은 로크루아가 가로눕곤 하던 소파 가장자리에 가 앉았다.

"빛이 안 들기는 하지만 더위는 못 견디겠어요…… 파리에 장기간 머무르실 예정인가요?"

그녀는 눈웃음을 지은 채 나를 쳐다보며 계속해서 이야기했다.

"당신도요. 당신도 안 변했어요…… 여전히 젊어 보이고…… 솔직히 말해서 어두컴컴한 데서는 더 좋게 보이지만 말이에요……"

그녀는 미소 짓고 있었다.

"뭘 좀 마시겠어요? 오렌지주스?"

그녀가 몸을 굽혀 안락의자 발치에 놓인 은쟁반에서 잔 하나를 집더니 병 주둥이를 유리잔에 기울이면서 오렌지색의 기포성 액체를 부었다.

"여기요. 내가 마신 잔에다가 그냥 마셔도 괜찮겠어요?"

"괜찮아요, 더 좋지요."

"여전히 친절하시고 점잖으시군요……"

나는 오렌지주스 한 모금을 삼켰다. 대화를 시작해보려고 적당한 말을 찾으려 했지만 헛수고였다.

"어떻게 제게 전화할 생각을 하셨어요?"

"파리엔 잠시 들렀지요…… 안 온 지 이십 년이나 되고요……"

"전화하시길 잘했어요."

그녀의 어조가 심각해 뜻밖이었다.

"드 로크루아는 당신을 아주 좋아했지요…… 당신이 첫 책을 냈을 때도 의외라고 생각하지 않았어요…… 당신은 언젠가 그런 쪽에서 활동할 거라고 그이는 예상했었으니까요……"

"그를 다시 만날 기회가 없다니 서운하군요."

그녀의 모습에서 긴장하고 있다는 느낌이 전해져왔다.

"장, 당신이 알아둬야 할 일이 한 가지 있어요…… 그이가 만사를 끝장내야겠다고 결심했을 때는 더할 수 없이 담담한 심경이었을 거예요……"

그녀는 나를 꼭 설득시키기라도 하려는 듯이 마지막 말에 힘을 주었다.

"그는 단지 지금까지 살아온 삶이…… 살아온 삶이 최선의 것이었다는 느낌이었을 거예요…… 그 이상은 있을 수 없는 최상의 방식이었다는…… 이해하시겠어요?"

"이해해요."

"그에게는 일본 사람 같은 구석이 있었어요……"

그녀는 내 눈을 빤히 쳐다보았다. 그러나 과연 나를 보는 것이었을까? 사실 로크루아에게는 일본 사람 같은 면이 있었다. 어떤 담담한 면, 예를 들어 담배를 피울 때의 그 특이한 방식, 내게도 그 비결을 좀 가르쳐주었으면 싶은 그 방식 말이다. 담뱃재를 떨 때의 그 나른한 손목 놀림 같은 것……

"이런 얘기를 하는 게 여간 힘들지가 않군요…… 드 로크루아를 보다 더 잘 이해하자면, 그는 하나의 생애가 아니라 동시에 여러 생애를 살았다고 생각하는 게 옳을 거예요."

"그에 대해서 우리가 끝내 알지 못하고 말 것이 엄청나게 많다는 생각이 들어요." 내가 말했다.

"나도 같은 생각을 해왔어요…… 당신이 내 마음속을 눈치챘군요…… 아마 내가 마시던 잔으로 마셨기 때문인가봐요……"

나는 주위를 힐끗 훑어보았다. 옅은 녹색 나무벽, 무거운 느낌의 자줏빛 비로드 커튼, 탐정소설만 줄줄이 꽂힌 붙박이 서가 등 그 방 역시 아무것도 변한 것이 없었다. 『마스크』 시리즈의 노란 표지, 세리 누아르 총서, 영국과 미국의 탐정소설 문고…… 로크루아는 나에게 자주 그 책들을 빌려주곤 했지만 당시 나는 내 작품들 중 하나가 언젠가는 그의 책장에 꽂히게 되리라고는 한 번도 상상하지 못했다. 그가 이 방을 '내 사무실'이라고 부르기는 했지만 사무용 책상이라곤 볼 수 없었다. 그는 선 채로, 혹은 안락의자에 누운 채로 손님을 맞곤 했다. 서서 맞을 때는 항상 건물 모서리 원형 공간의 커다란 창 앞에서였다. 중국식 탑이 바라보이는, 쿠르셀가와 렘브란트가로 난 창문이었다.

"우리는 이따금 당신 얘기도 했지요…… 그이는 당신 책을 읽었거든요…… 그이는 당신을 만나봤으면 했지만 당신은 당신대로의 삶이 있으니까 방해하고 싶지 않다고 했어요…… 좀 드릴까요?"

그녀는 내 잔에 오렌지주스를 더 따랐다. 불빛에 비친 그녀의 얼굴이 매끈매끈해 보여서 서른 살 정도 되어 보이는 것 같았다. 벌어진 커튼 틈으로 새어 들어온 한줄기 햇살이 그녀의 흰 가운

아래쪽에 빛의 반점을 그리고 있었다.

"그이는 당신이 흥미 있어 할 만한 여러 가지 서류를 당신한테 맡겼으면 했어요……"

내 기억으로는 그녀가 그의 진짜 여비서는 아니었다. 그러나 그는 그녀에게 자기 일에 대해 늘 알려주었고 비밀에 부치는 자질구레한 일거리를 그녀에게 맡기기까지 했었다. 그녀는 아낌없이 헌신했다. 나는 로크루아가 전화에 대고 따분해하는 목소리로 이렇게 말하는 것을 여러 번 들었다. "그건 지프한테 얘기해요…… 그 문제는 지프하고 해결하라니까요…… 지프가 알아서 할 거예요……" 지프는 그가 그녀에게 붙여준 애칭이었다.

"참, 잊어버리기 전에, 이리 좀 와보세요……"

자리에서 일어난 그녀가 내 팔을 잡았다. 맨발로 회색 양탄자 위를 걷고 있었는데 발톱과 손톱에는 매니큐어칠을 한 게 보였다. 입고 있는 타월 천의 흰 가운이나 금발머리, 밝은 빛의 눈과 대조를 이루는 암홍색 매니큐어였다. 우리는 문을 열고 거실처럼 옅은 녹색 나무벽으로 되어 있는 어떤 방으로 들어갔다. 커다란 침대가 흐트러진 채 놓여 있었다.

"미안해요, 방이 지저분해서. 하지만 나 혼자 사는걸요……"

침대 위쪽 벽에는 로크루아의 사진이 걸려 있었다. 언젠가 그와 똑같은 사진에 사인을 해서 내게 준 적이 있어서 나는 그 사진을 바로 알아보았다. 얼굴이 사분의 삼쯤 보이게 비스듬히 선 아주 깨끗한 옆모습이었다. 윤곽이 뚜렷한 턱, 의자 등받이를 꽉 잡고 있는 오른쪽 손, 변호사라기보다는 영화 스타 같은 태도. 그 사진을 내게 주면서 로크루아 자신도 그런 종류의 사진은 자기 직업에 해가 되지만 항상 진지하기만 해서는 인생이 너무나 따분해지는 법이라고 말했었다.

"아주 멋진 사진이군요." 내가 그녀에게 말했다.

"그이 사진 중 내가 제일 좋아하는 사진이지요……"

그녀는 방 반대쪽 끝에 있는 또하나의 문을 열고는 전등을 켰다. 우리는 벽이 서류들로 꽉 메워진 중간 정도 크기의 방에 와 있었다. 회색 대리석 벽난로 위에도 또다른 서류들이 차곡차곡 정리되어 쌓여 있었다. 그녀는 서류들을 하나하나 살펴보더니 마침내 베이지색 마분지로 된 서류철 하나를 골라냈다.

"이거예요…… 보세요……"

서류철 표지에는 로크루아의 큼직한 글씨로 이렇게 쓰여 있었다. '가능하다면 장 데케르에게.'

"가슴이 뭉클해지는군요." 내가 말했다.

그녀는 방 한가운데에 꼼짝 않고 서 있었다.

"모두 그이의 문서들이죠…… 내가 여기에다 정리해놓았어요……"

우리는 다시 그녀의 방을 지나서 큰 원형 사무실로 돌아왔다. 나는 손에 서류를 들고 있었다.

"드 로크루아는 몇 번이나 내게 그랬어요. 당신은 탐정소설을 쓰니까 그게 흥미로울 거라고 말예요…… 그걸 보면 별의별 것을 다 알 수 있게 될 거예요……"

"별의별 것을요?……"

"그래요, 당신이 알던 사람들에 관한 온갖 것을 다 말예요…… 그러나 발견하는 기쁨을 위해서 긴말 않겠어요…… 나로서는 과거는 과거니까 그걸 되살리고 싶지가 않아요……"

그녀는 소파 끝에 앉아 오렌지주스를 잔에 채운 다음 내게 건넸다.

"드 로크루아는 그 서류를 당신에게 보내주고 싶어했지만 차마 그걸 런던의 당신 출판사로 우송하지는 못했던 거예요……"

나는 즉시 마분지 문서철을 열어보고 싶었지만, 그녀 앞에서는 예의에 어긋나는 일이었다.

"그이는 우리 모두 중 진짜로 곤경을 극복한 사람은 당신 한 사람뿐이라고 말하곤 했어요……"

"좋게 생각해주신 거로군요."

"파리에 오래 머무실 거예요?"

"며칠 동안요."

"호텔에 계세요?"

"네."

"저는 내일부터 바스크 지방 바닷가로 이 주간 떠나 있을 거예요. 언니 집에요. 아파트 열쇠를 당신에게 줄 수도 있어요……"

"아녜요…… 그러실 것 없습니다……"

"그렇게 해요…… 아파트 열쇠를 드리고 갈게요…… 제가 돌아올 때까지 여기 계셔도 돼요…… 솔직히 말해서 제가 집을 비우는 동안 누군가 집에 있는 쪽이 더 낫기도 하니까요……"

더이상 거절하지 않는 편이 좋을 듯했다.

"여기 있으면 낯설다는 느낌은 안 들 거예요…… 이 집을 잘 알고 계시잖아요…… 또 그걸 드 로크루아도 좋아했을 거고요……"

그녀는 아무 말 없이 나를 응시했다. 그녀의 맑은 두 눈이 자욱해지면서 눈물이 그만 입술가까지 흘러내렸다. 나는 자리에서 일어나 소파 위 그녀 옆자리로 가 앉았다. 옆모습으로 보니 그녀는 더 젊어 보였다. 아마 지난 이십 년 동안 그녀는 아주 느린 속도로, 혹은 동면 상태로 살아왔는지도 모른다.

"과거는 잊어버리려고 애를 쓰고 있는데…… 오늘은 그만 당신 때문에……"

그녀는 가운 옷깃으로 눈을 닦았고, 그 바람에 그녀의 젖가슴이 드러났다. 그녀는 내게로 몸을 돌렸다. 가운 한쪽이 미끄러지면서 자신의 몸이 반쯤 노출되어 있다는 사실은 아랑곳하지 않는 듯했다.

"옛날 생각을 새삼스럽게 할 것 없어요. 미안해요, 지프……"

그녀가 얼굴을 내 얼굴 가까이로 가져왔다.

"그이가 나를 '지프'라고 불렀던 걸 기억하고 있군요?"

건물 밖으로 나섰을 때는 벌써 밤이었다. 나는 다시 한번 중국식 탑을 바라보았다. 암청색 하늘을 배경으로 황적색 탑이 뚜렷이 드러나 보였다. 좀더 아래쪽에 이르러 인적 없는 오스만대로를 건너고 있을 때 자전거를 탄 사람 하나가 나를 앞질러 쿠르셀가의 언덕길을 시원스럽게 내려갔다.

더위는 여전히 숨막힐 듯했다. 이제 막 떠나온 아파트 생각이 간절했다. 그러나 내가 원하기만 하면 당장 내일부터라도…… 나는 주머니 속에 들어 있는 열쇠를 만지작거렸다.

샹젤리제의 원형 교차로에 이르러 나는 잠시 분수 앞에서 발걸음을 멈추었다. 관광객들이 분수 근처의 쇠로 된 의자에 앉아 있었다. 그들과 마찬가지로 이제부터 나도 이 도시에서는 이방인이다. 이곳과 나를 이어주는 것은 이제 아무것도 없었다. 나의 삶은 이제 이 거리에도, 건물의 벽에도 새겨져 있지 않았다. 어느 네거리에서, 혹은 어느 전화번호에서 우연히 솟아오르는 추억들은 딴사람의 삶에 속하는 것이었다. 더군다나 수많은 장소들은 과연 지난날의 그 장소라고 할 수 있을까? 예를 들어 내가 어느 날 저녁 로크루아와 함께 건너갔던 원형 교차로는 바로 이 원형 교차로일까? 하여간 오늘밤에는 이 원형 교차로가 그때의 교차로와는 전혀 닮아 보이지 않았다. 그래서 이 분수 앞에서 끔찍한 공허감을 맛보는 느낌이었다.

나는 공원 안으로 들어갔다. 지나가면서 '엘리제 관'의 꼭대기에 있는 청동 큐피드상 쪽을 바라보았다. 창문 틈으로 한 가닥의 불빛도 보이지 않았다. 녹슨 철책과 정원의 작은 숲 뒤로 보일까 말까 하는 버려진 빌라 중 하나였다. 그런데 어둠 속에서 달빛을 반사하면서 빛나는 저 꼭대기의 큐피드상에는 음산하고 불안한 그 무엇이 깃들어 있어서 가슴이 서늘해지는 동시에 기이한 매혹을 느끼게 했다. 옛날에 내가 살던 파리의 잔해인 것 같은 느낌이었다.

콩코르드광장가에 이르렀다. 요란한 색의 관광버스 여러 대가 영구차처럼 느릿느릿 지나가고 있었다. 가로등 불빛과 분수의 빛나는 물줄기 때문에 나는 눈을 깜박거렸다. 오른쪽으로는 튈르리공원의 난간에 그림자가 어른거리며 지나갔다. 센강의 관광유람선이었다. 세찬 조명등 불빛이 샹젤리제대로의 반대편 나뭇잎 사이를 꿰뚫었다. 죽은 도시에서 벌어지고 있는 것 같은 그 음향과 빛의 축제 한가운데서 나는 홀로 서 있었다. 저 버스들과 저 유람선 속에는 과연 정말로 승객들이 타고 있는 것일까?

튈르리공원 저편 하늘에 천둥을 예고하듯 번개가 번쩍 비쳤다. 나는 상의와 셔츠 사이에 기타 바티에가 건네준 서류를 깊숙이 집어넣은 채 벤치에 앉아 첫번째 빗방울이 떨어지기를 기다렸다.

호텔 프런트에서 관리인이 푸른색 봉투 하나를 내밀었다. 아내가 오후에 전화를 걸어 남긴 메시지였다. 예정보다 일찍 아이들과 클로스터스로 떠나기로 했다는 내용이었다. 아내는 내일 아침이면 그곳에 도착할 터이니 그리로 와서 만나자고 했다.

"선생님……"

관리인은 또다시 내게 공모자 같은 미소를 던졌다.

"파리에 혼자 계신 거라면……"

그는 전날 저녁에 건네주었던 것과 똑같은 붉은색 카드를 내 손에 쥐여주었다.

"이거면 뭐든지 다 된답니다…… 원하시는 게 무엇이든 다 들어드릴 수 있습지요…… 전화 한 통이면 됩니다……"

나는 카드에 눈길을 던졌다. 그렇다, 거기엔 여전히 헤이워드라는 이름이 검은 글자로 찍혀 있었다. 헤이워드.

나는 창문을 활짝 열어젖혀놓고 발코니에 걸터앉았다. 장맛비처럼 거센 비가 쏟아지고 있었다. 연보라색과 녹색이 칠해진 버스가 호텔 건너편 인도가에 멈춰 섰다. 옆면에 "안트베르펜을 여행하려면 그로테로"라고 쓰여 있는 버스였다. 잠시 후 승객들이 차에서 내렸다. 쏟아지는 비가 그들을 점점 더 고조되는 흥분 속으로 몰아넣는 듯했다. 그리고 마침내 그들은 길 한가운데 둥근 원을 이루고 서서 후음이 짙은 소리로 합창을 하기 시작했다. 그중 몇 사람은 꽃무늬 셔츠를 허리춤에 둘러 묶어 웃통을 벗은 채로 비를 맞으며 계속 빙빙 돌았다. 승무원 제복을 입은 금발 사내가 손에 마이크를 들고 버스 출입구 계단에 나타났다. 그가 그들을 향해 말 울음소리 같은 날카로운 소리로 뭐라고 외치자 모두들 멍청하니 흠뻑 젖은 채 다시 버스에 올라탔고 버스는 파리 오페라극장 쪽으로 천천히 멀어져갔다. 비가 그쳤다. 내가 파리에 도착한 이후 처음으로 거리에서 올라오는 시원한 기운에 기분이 한결 상쾌해졌다.

베이지색 종이 문서철 안의 서류에는 하늘색 겉장이 붙어 있고 그 안으로 얇은 반투명 종이에 타이프 친 서류 백여 페이지가 녹슨 클립으로 묶여 있었다. 나는 그 서류를 빠르게 훑어보았는데 친숙했던 사람들의 이름이 눈에 띄었다. "그걸 보면 별의별 것을 다 알 수 있게 될 거예요." 기타 바티에는 이렇게 말했었다. 틀림없이 그럴 것 같았다. 나는 가장 열렬한 호기심으로 그 서류를 읽고 또 읽을 생각이었다. 시간은 충분했다. 나는 서류를 침대 머리맡 탁자 위에 놓았다.

아케이드마다 가로등이 빛을 발하고 있었다. 나는 묵주 알을 세듯 가로등을 하나하나 세어보았다. 맞은편 영국 약국 부근, 카스틸리온가의 비에 젖은 도로와 비 온 뒤에 생긴 커다란 물웅덩이에 불빛이 반사되고 있었다. 녹색과 적색 신호등, 가로등, 그 늦은 시간에도 열려 있는 약국의 조명 간판이 반사되었다. 나는 물웅덩이와 도로 표면에 뭔가 나타날 것만 같아서 기다렸다. 연꽃, 두꺼비, 옛날 해묵은 수첩의 페이지, 시들어버린 페이지, 반투명 용지로 된 백여 페이지의 서류, 녹슨 클립.

내가 곧바로 클로스터스에 가서 합류하지 못하는 것을 아내는 이해해줄 것이다. 그녀는 뭐든지 다 이해했다.

오후 다섯시경, 나는 서류를 옆구리에 끼고 호텔을 나섰다. 더운 공기는 그 전날과 마찬가지로 무거웠지만 신문 날씨난에서 저녁나절 늦게 다시 비가 온다는 예보를 읽고 그 기대만으로도

힘이 되었다.

아케이드 아래에서 나는 왜 카스틸리온가의 호텔에 숙박하기로 마음먹었는지를 자문해보았다. 잘 생각해보니 그 까닭은 간단했다. 파리로 다시 돌아온다는 것이 너무나 겁이 나서 가능한 한 가장 중도적인 장소, 프랑스어로 말하는 소리를 들을 가능성이 거의 없는, 내가 그저 숱한 관광객들 중 하나일 뿐인 그런 장소, 이를테면 국제 조계지租界地와도 같은 부담 없는 지역을 골랐던 것이다. 관광버스들을 보니 마음이 놓였다. 꽃무늬가 수놓인 셔츠 차림의 일본 사람들이 다닥다닥 모여 있는 화장품 상점 진열창에 '면세점'이라고 써붙인 것만 봐도 마음이 놓였다. 그렇다, 나는 외국에 와 있는 것이다. 그러나 내가 쿠르셀가의 아파트를 향해 발걸음을 옮겨감에 따라 파리는 다시 차츰차츰 나의 도시로 변해가는 것이었다.

나는 열쇠 구멍에 열쇠를 넣고 돌렸다. 등뒤로 문을 쾅 닫으며 들어서는 순간, 밖의 직사광선과 강한 대조를 이루는 현관의 어둠과 서늘한 기운 때문에, 유독 로크루아의 아파트에서만 나는 가죽냄새 때문에, 나는 과거 속으로 다시 빠져들어가는 느낌이었다. 갑작스럽게 우물 밑바닥이나 에어포켓 속으로 빠져내려가는 기분이었다. 나는 두 팔을 쭉 뻗고 더듬더듬 걸어갔다. 출입문 한쪽이 손에 만져졌다. 햇빛이 원형 사무실 커튼 사이로 비쳐

들고 있었다. 나는 램프 하나를 켰다. 기타 바티에는 자기 방과 로크루아의 서류들이 정리되어 있던 방에 불을 끄는 것을 잊어버린 채 떠났다.

나는 잠시 머뭇거렸다. 커튼과 덧문과 창문을 열까? 아니면 닫힌 채 그대로 둘까? 서류가 정리되어 있는 방에 가서 로크루아가 늘 얘기하곤 했던 '비밀장치'가 여전히 작동되는지 확인해보고 싶었다. 나는 스위치가 어디에 붙어 있는지 기억할 수 있었다. 왼쪽 벽 아래쪽 전기 콘센트 옆. 나는 스위치를 눌렀다. 선반이 달린 벽판이 천천히 미끄러지며 일 미터가 될까 말까 한 틈이 열렸고 나는 그리로 들어갔다. 어두웠지만 전기 스위치를 곧 찾아냈고, 천장에 달린 맨전구에서 빛이 흘러나왔다. 바둑판무늬 타일이 깔린 현관은 회색 벽과 계단의 시작을 표시하는 무쇠 난간과 더불어 옛 모습 그대로였다. 계단은 일층 방까지 내려가도록 되어 있었다. 옛날에는 필시 무슨 가게로 사용되었던 것 같은 그 방 반투명 유리창과 출입문은 몽소가에 면해 있었다. 그러나 로크루아는 그쪽 창문과 출입구를 밖에서 철책으로 막아버렸고 그 철책은 이십 년 전에도 이미 녹슬어 있었다.

나는 그 옆방으로 들어갔다. 샹들리에에 달린 단 한 개의 전등만이 깜박이며 방안을 불안정한 빛으로 감싸고 있었다. 등받이 부분에 새틴 천을 대고 두툼하게 누빈 침대는 흰 커튼, 침대 옆

협탁, 머리맡 램프와 마찬가지로 옛날 그대로였다. 순간 욕실 문을 열어보고 싶은 강한 충동을 느꼈다. 욕실에는 이제 전기가 들어오지 않았다. 어둠침침한 가운데 욕조와 여닫이 거울과 세면대를 알아볼 수 있을 뿐이었다. 작은 탁자에는 면도솔, 구식 자동면도기가 있었는데 나는 그것들이 내 것이었는지 기억해내려고 애를 썼다.

나는 이십 년 전처럼 침대에 드러누웠다. 나는 여기 이 방에서 파리에서의 마지막 날들을 보냈었다. 자초지종을 설명하고 나자 로크루아는 내가 이곳에 잠시 머무를 수 있도록 조치해주었던 것이다. 그리고 어느 날 저녁 그는 나를 생라자르역으로 데려다주었다. 그는 나에게 여비로 5천 프랑을 주었고, 훗날 책을 써서 돈을 벌기 시작했을 때 그 돈을 갚고 싶었지만 그러려고 했더라도 그는 받지 않았을 것이고, 그 모든 일이 다른 삶 속의 일인 양 차츰차츰 아득하게 느껴졌다…… 영국으로 갈 것을 권고해준 사람이 바로 그였다. 떠나기 전 역의 플랫폼에서 그는 내게 '행운'을 빌어주었다. 르아브르까지 나는 서서 갔다. 기차는 미어터질 듯했다. 그날 오후가 바로 7월 여름 휴가의 첫날이었기 때문이다.

나는 침대 옆 작은 협탁의 서랍을 열어보았다. 선글라스. 내 것이었다. 이곳을 떠날 때 가져가는 걸 잊었었다. 나는 먼지가 한 켜 덮여 있는 안경알을 닦아 쓰고는 벽에 걸린 거울 쪽으로 걸어갔다. 선글라스를 쓴 내 모습을, 이십 년 전의 내 얼굴을 보고 싶었다.

밤이 내릴 무렵, 나는 큰 원형 사무실의 긴 창문과 덧문을 열었다. 맞은편 탑은 인광의 광채로 빛나고 있었다. 한차례 쏟아진 소나기 덕분에 공기가 서늘해졌다. 나는 소파에 누워서 서류를 훑어보았다. 천천히 조금씩 본론으로 들어가고 싶었다. 반투명 용지로 된 그 서류 뭉치가 담고 있는 것은 내 생애의 한 조각이었다. 나와 마주치고 지나간 그 모든 사람들과 내가 개입되어 있었던 몇 가지 사실, 그리고 그때까지 내가 모르고 있었던 자질구레한 일들을 비추는 그 싸늘한 조명에 나는 길들 필요가 있었다.

전화벨소리. 나는 자리에서 일어나 전화를 찾아 사무실을 두리번거렸다. 그리고 기타 바티에의 방까지 가 전화선을 따라서 결국 침대 머리맡 협탁 밑에 있는 전화기를 찾아냈다.

"여보세요? 당신인가요, 장?"

나는 기타의 목소리를 단번에 알아차렸다.

"네…… 어떻게 지내세요?"

"난 비아리츠에 와 있어요…… 언니 집에…… 아파트에 자리를 잡았나요?"

"네. 하지만 어지럽히지는 않을 테니 걱정 마세요."

"아 그런 건 괜찮아요……"

"저는 그저 낮에만 들르겠습니다…… 너무 더워서……"

"거기서 그냥 자도 돼요…… 나 없을 때 아파트를 비워놓는 게 싫어서요……"

"그럼 걱정하지 마세요…… 여기서 자도록 할 테니까요……"

"그편이 낫겠어요…… 심심하진 않으세요?"

"전혀요…… 이십 년 전에 두고 갔던 선글라스를 다시 찾았어요…… 비밀의 방에서요……"

그녀는 갑자기 웃음을 터뜨렸다.

"있잖아요, 저는 이제 아파트 그쪽으로는 발걸음을 안 하거든요. 먼지가 자욱이 쌓여 있을걸요……"

"하여간 그 장치는 여전히 작동하더라고요……"

다시 그녀의 웃음소리.

"서류는 읽어보았어요?"

"아직요…… 약간 겁이 나요."

"읽어보세요. 그리고 어떻게 생각하는지 말해주세요. 내일 이 시간에 다시 걸겠어요. 안녕, 장……"

"안녕, 지프."

나는 복도를 따라 부엌까지 갔다. 로크루아가 있던 때부터 흰색 페인트로 다시 도장을 해놓은 것 같았다. 창문이 반쯤 열려 있었고, 창밖으로는 안뜰이 내다보였다. 로크루아는 건물 아래에 차고를 하나 가지고 있었다. 나는 그의 자동차 '선빔Sunbeam'이 여전히 그 안에서 잠자고 있을까 하고 생각했다. 냉장고를 열어보니 오렌지주스 병이 가지런히 놓여 있었다. 그중 한 병을 집었다. 원형 사무실로 돌아와 나는 책장에 내 책이 세 권, 즉 『자비스』 시리즈의 처음 세 권이 꽂혀 있는 것을 발견했다. 나는 안도감이 들었다. 나는 나 자신이 누구인지 잘 모르는 지경에까지 이르렀던 터였다. 완전히 안정을 찾기 위해 아내에게 전화를 걸고 싶었지만 아파트에서 클로스터스까지는 공간적으로나 시간적으로 너무나 먼 곳이라 느껴졌다. 소나기가 그치고 탑이 쿠르셀가의 인도 위에 어른어른 비쳤다. 나는 또다시 소파에 누워 서류를 훑어보았다. 반투명 용지로 된 여러 페이지를 넘기며 기분 내키는 대로 여기저기를 읽었다.

로크루아는 하늘색 종이로 된 표지에다가 베르나르 파르메르라는 이름을 대문자로 적어놓았다. 그 서류 뭉치 속에는 타이핑한 종이 한 장이 들어 있었다—1945년 5월 24일.

1945년 5월 24일

형사반장인 본인 마르셀 갈리는,

파리시 제16구 라퐁프가 179번지에 거주하고 현재 도피중인 베르나르 랄프 파르메르, 별명 '미셸'에 대한 수사를 계속하던 중에,

1925년 8월 4일 파리시 제10구 출생, 파리시 제9구 라로슈푸코가 40번지에 거주하는 쇼비에르 카르멘 이베트 양을 출두하게 하여 사법공조 의뢰장 내용을 낭독하고, 오로지 진실만을 말할 것을 서약케 하였으며 이베트 양은 다음과 같이 진술했다.

나는 1943년 9월 파리시 제9구 망사르가 9번지 소재 '섬광' 카바레에서 베르나르 파르메르 씨를 알게 되었다. 나는 그 영업소에서 펼치는 쇼에 무희로 고용되어 있었다.

그후 나는 베르나르 파르메르 씨와 관계를 갖게 되었고 그 관계는 그가 파리를 떠난 1944년 8월에 끝이 났다.

나는 파르메르 씨가 어떤 활동을 하고 있는지에 대해 전혀 아는 바가 없었다. 그가 막대한 액수의 돈을 지니고 다니는 것을 알고 있었지만 나는 한 번도 그에게 그 출처를 물어본 적이 없

다. 그가 나에게 소개해준 바 있는 그의 친구 뤼시앵 블랭 씨는 어느 날 나에게 베르나르 파르메르 씨가 프랑스와 영국에서 실로 다양한 직업을 경험했었다고 설명한 바 있다. 베르나르 파르메르 씨는 나에게 말하기를 자기는 파리에서 화랑을 운영하고 있으며 그림과 고가구 매매업에 종사한다고 했다.

나는 그가 리도의 아케이드 위쪽 샹젤리제 76번지에 사무실을 가지고 있다는 것을 알고 있었다. 그와 거기서 만날 약속을 몇 번 한 적이 있기 때문이다. 나는 그곳이 암거래 소굴이라는 사실을 몰랐다. 그는 항상 혼자였고 사무실은 문을 닫아버린 장소 같아 보였다.

요컨대 나는 오직 파르메르와 애정 관계 이외에는 아무런 관계가 없으며 그의 활동에 관한 단서를 제공하기 어렵다는 것을 말하고자 한다.

또다른 하늘색 표지에는 내 이름이 적혀 있었다. 장 데케르, 여전히 로크루아가 급히 휘갈겨 쓴 글씨였다. 그 속에는 타이프 친 서류가 여러 장 들어 있었다.

1965년 7월 5일

<u>노트</u>

사법경찰

마약단속반

장 데케르

1945년 7월 25일, 센현 불로뉴비양쿠르 출생.

현주소: 1965년 4월 11일 이래 파리시 제17구 트루아용가 1번지 트라이엄프 호텔 거주.

지난 6월, 직접 기록한 것으로 보이는 장 데케르 이름으로 된 두 장의 호텔 숙박 카드가 발견됨.

1965년 6월 7일: 라바렌생틸레르(현재 센에마른)에 있는 11월 11일 대로 68번지 소재 호텔 겸 식당 르프티 리츠.

1965년 6월 28일: 파리시 제16구 레몽푸앵카레대로 3번지 말라코프 호텔. 그곳에서 그는 자신의 현주소를 제16구 로댕대로 2번지로 표시했음.

말라코프 호텔에서와 마찬가지로 르프티 리츠에서도 그는 이십대 정도, 중간 정도의 키, 갈색 머리에 밝은색 눈동자의 젊은 여인과 동반했음. 여인의 인상착의는 파리 제16구 로댕대로 2번지 관리인 드니오 씨가 진술서에 밝힌 인상착의와 일치함.

현재까지 문제의 젊은 여성은 신분이 확인되지 않았음.

또다른 종이에는,

정리번호 29 : 탄피의 위치.

발사된 세 발과 일치하는 탄피 세 개가 발견되었음.

—그중 하나는 뤼도비크 푸케의 오른팔 가까운 곳에 떨어진 담배 물부리와 안락의자 사이 바닥에서 발견되었음.

—다른 두 개는 안락의자 위, 머리와 좌측 팔걸이 사이에서 발견되었음.

뤼도비크 푸케 씨의 살해 방식에 관해 제기할 수 있는 가설로, 로댕대로 2번지 건물 사층에 거주하는 로장 씨의 진술이 주목을 끈다.

그가 들은 일련의 소리로 미루어보아 뤼도비크 푸케 씨를 쓰러뜨린 한 발이 먼저 발사되었음을 추리해볼 수 있다. 그리고 잠깐의 시간이 경과한 다음 다른 두 발이 발사되었다. 실제로 증인의 진술서에는 다음과 같이 기록되어 있다.

"밤 열한시경 나는 누가 방바닥에 가구를 뒤집어엎기라도 하는 듯한 굉음을 들었다. 그후 십여 초가 지나 더욱 메마르고 둔탁한 소리가 두 차례 들렸다.

그 두 번의 소리는 가까운 곳에서 들려왔으므로 나는 즉각적으로 그 소리가 헤이워드 씨의 아파트에서 들려오는 것이라고 확신할 수 있었다.

나는 그 세 번의 소리를 별로 대수롭게 여기지 않았다. 그후 아침에 나는 헤이워드 씨 댁에서 무슨 일이 생겼는지를 알게 되었고 즉시 든 생각은……"

나는 식당이나 카페를 찾을까 해서 저녁 열시경에 건물 밖으로 나섰는데, 중국식 탑 앞을 지나가면서 왜 그 탑이 인광을 발한다고 착각할 정도로 어둠 속에서 유난히 두드러져 보이는지 그 까닭을 알 수 있었다. 렘브란트가 저 끝에 설치된 여러 개의 영화 촬영용 조명등이 그 탑을 향해 빛을 쏘고 있었던 것이다. 나는 메신대로와 만나는 길모퉁이까지 몽소가를 따라 올라갔다. 거기에 카페 하나가 아직 문을 열고 있었다. 왁자지껄한 목소리들이 들려왔다. 많은 손님들이 인도에까지 넘쳐나온 테라스의 탁자들을 차지하고 있었다. 나는 유리벽을 따라 놓인 실내 좌석에 가 앉았다.

보이가 주문을 받으러 왔다.

"샌드위치 두 개하고 커피 하나요. 오늘 저녁엔 손님이 많군요……"

"영화 촬영팀이죠…… 이 동네에서 촬영을 하거든요……"

그는 존경심 가득한 어조로 감독 이름을 내게 가르쳐주었다.

"유명한 사람인가요?"

그는 눈이 휘둥그레지면서 나를 빤히 쳐다보며 가소롭다는 듯한 미소를 흘렸다.

"유명하고말고요……"

"미안해요, 내가 너무 오랜만에 프랑스에 돌아온지라……"

나는 곧 그런 속사정까지 털어놓은 것을 후회했다. 그러고 나서 유리벽 저 너머로 서로 밀치면서 모여든 사람들을 물끄러미 바라보았다. 엉큼해 보이는 검은 눈에 얼굴이 온통 수염에 파묻혀 있는 저 젊은 갈색 머리 남자가 감독임이 틀림없었다. 그는 엄지손톱을 물어뜯고 있었다. 주위의 예닐곱 명은 그 남자를 에워싸면서, 그에게 깊은 존경을 표현하는 것 같았다. 엄지손가락에 입을 바싹 붙인 채 드물게 내뱉는 감독의 말을 사람들은 주의깊게 경청하고 있었다. 감독 옆에 있는 금발머리 여자의 섬세한 윤곽과 고집스러워 보이는 이마는 내게 뭔가를 생각나게 했다…… 참, 그렇지, 그 여자는 나 역시 어린아이였을 때 어떤 유명한 영화에 소녀 역으로 나왔었지. 그런데 지금 나는 아무 중간 과정 없이 갑자기 마흔 살 먹은 여인이 되어버린 그 여자를 다시 보게 된 것이다. 마치 시간의 무게가 눈 깜짝할 사이에 우리 둘을 납작하게 짓눌러버리기라도 한 것처럼. 누군가 그들에게 생야채 조각과 생수를 가져다주었다. 그런데도 감독은 커피만 연

거푸 여러 잔을 마셔댔다. 몇몇 사람들은 테라스 가장자리의 약간 따로 떨어진 테이블에 모여앉아 있었다. 아마도 기술진인 듯싶었다. 나는 웅성웅성하는 소리에 파묻힌 채 잠시 넋을 놓고 있었다. 그러다 갑자기 낯설지 않은 얼굴을 하나 발견했다. 들창코에 턱이 통통한 금발머리 사내가 테이블에 혼자 앉아 잎담배를 피우고 있었다. 저 사람을 어디서 보았더라? 우리는 유리벽을 사이에 두고 불과 몇 센티미터 거리에 앉았다. 그쪽에서도 고개를 돌려 나를 바라보았다. 잠시 후 그는 약간 당황한 듯 미소를 지으며 자리에서 일어나 카페의 홀 안으로 들어와 내 테이블 쪽으로 다가왔다.

"실례합니다…… 로베르 카르팡티에리라고 하는데요……"

그는 담배 피우는 사람 특유의 탁한 목소리로 말했다. 아니면 목이 쉬어 있는지도 몰랐다. 가까이서 보니 푸른 눈과 금발의 머리숱과 들창코 등에도 불구하고 마흔다섯쯤은 되어 보였다. 그는 내 앞에 있는 빈 의자의 등받이를 두 손으로 짚고서 기대섰다. 나는 그에게 내 이름을 말하고 싶지 않아 그냥 입을 다물고 있었다.

"우리 서로 아는 사이인 것 같은데요."

그가 의자를 자기 쪽으로 끌어당기고 자리에 앉았다.

"그렇다면 한 이십여 년 전으로 거슬러올라가야겠군요. 그동안 나는 파리에 발을 들여놓은 적이 없으니까요."

"이십 년요?"

"어림잡아서요."

그의 시선이 허공을 헤매고 있었다. 그는 무엇인가를 기억해 내려 애쓰고 있었다. 온 힘을 다해서.

"우리는 아마도 조르주 마요하고 서로 같이 만났었지요? 당신은 조르주 마요를…… 아시죠?"

그는 마치 무슨 암호나 되듯이 그 이름을 소근거리며 말했다.

"맞아요. 우리는 조르주 마요 덕분에 알게 되었지요."

어떤 옆모습이 내 기억 속에서 되살아났다. 기타의 방 벽에 걸려 있던 로크루아의 사진처럼 명암이 교차하는 어떤 사진 한 장이었다. 그 사진은 바로 마요가 사인을 해서 내게 준 것이었다. 그러나 로크루아의 사진과는 달리, 얼굴만 찍힌 사진이었다. 자기 사진에다 사인을 해서 친구들에게 주는 풍습은 그 시절에도 이미 사라진 것이었지만, 어쩌면 내 쪽에서 그들에게 부탁해 받은 사진들이었는지도 모른다.

"조르주 마요하고 많이 어울렸지요?" 그가 나에게 말했다.

"꽤 많이 어울렸지요. 당신은요?"

"나는 그 사람을 매일 만났지요."

"당신은…… 당신은 당시 그 사람 비서가 아니었던가요?"

나는 차마 '운전사'라는 말은 할 수가 없었다. 그렇지만 그를 보면 볼수록 어떤 영상이 점점 더 뚜렷이 살아나는 것이다. 마요의 자동차 운전석에 앉아 있던 그 뚱뚱한 금발머리 사내……

"이를테면 비서지요…… 운전사도 되고요……"

바로 그거였다. 그는 미소를 지었다.

"또 친구도 되고요…… 오늘 저녁에 조르주 얘기를 하게 될 줄은 몰랐는데요……"

그는 존경과 놀라움이 섞인 얼굴로 나를 물끄러미 바라보았다.

"그러니까 이십 년 동안이나…… 여기 없었다고요?"

나를 유령 취급이라도 하는 것일까? 아니면 오랜 세월 복역을 마치고 이제 막 감옥에서 나온 사람으로 여기는 것일까? 나는 그를 안심시키고 싶은 생각이 들어서 테라스에 앉아 있는 기술진들을 가리키면서 말했다.

"저 속에는 분명 마요를 알고 지냈을 사람이 있지 않을까요?"

그는 어깨를 으쓱했다.

"무슨 말씀…… 조르주가 영화를 찍을 때 저이들은 아직 젖병을 빨고 있었다고요…… 이 팀에서는 내가 제일 나이가 많은걸요……"

"그럼 당신도 저들과…… 같이 일하나요?"

"네…… 나는 조감독이 됐죠……"

그러나 나는 그가 그 이야기는 별로 하고 싶어하지 않는다는 것을 느꼈다. 조르주 마요의 이름을 입 밖에 낸 것만으로도 벌써 그에게 현재는 더이상 존재하지 않는 셈이었다. 그는 내 입술 끝에 매달린 듯이 내 말을 기다리고 있었다.

"그런데 당신은요? 당신은 조르주를 어떻게 알게 되었나요?"

나는 내 이야기를 불쑥 아무에게나 털어놓고 싶지 않았다.

"내가 조르주를 어떻게 알게 되었느냐고요?"

나는 그저 절반만 사실이 될 수 있는 대답을 찾고 있었다. 그러면서 우선 분위기를 살피면서 어떤 미끼를 던지면 그가 덥석 물 것인지 알아보고 싶었다.

"그의 초기 영화들 중 하나를 도왔던 사람을 통해서였어요…… 알베르 발랑탱이라고……"

"트루아용가의 호텔에 묵던 그 사람요? 조르주가 파리에 와서 머물 때면 들르던 그 호텔에 말이죠?"

그러니까 그도 발랑탱을 알고 있었다. 그러나 그는 나 역시 그 호텔에 묵었다는 사실을 모르고 있었다. 우리는 기껏해야 마요와 함께 두세 번 정도 만났을 뿐이고 그는 그저 얼굴만 기억하고 있는 것이 아닐까? 그가 나에 대해 아는 게 별로 없다면 구태여

내 쪽에서 자세히 말해줄 필요는 없었다. 알베르 발랑탱이 말했듯이, 절대로 자신의 비밀 계획을 노출시키지 말 것.

"당신은 여전히 영화계에서 일하고 계신 모양이죠?" 내가 물었다.

그는 어깨를 으쓱했다.

"먹고살아야 하니까요……"

나는 감독이 버티고 앉아 있는 테이블을 가리켰다. 스태프 한 사람이 연신 감독에게로 와서 공손하게 몸을 굽히고 인사를 했지만 그는 깔보는 듯한 표정으로 엄지손톱만 계속 깨물고 있었다.

"훌륭한 감독인가요?"

"훌륭하건 그렇지 않건, 내가 알 바 아니죠…… 그저 내 일이나 하는 거죠……"

"그런데 당신은, 마요를 어떻게 알게 되었나요?"

그의 얼굴이 환해졌다.

"영화 촬영장에서요…… 1955년이었죠…… 그가 자신의 마지막 작품을 찍을 때였어요…… 당시 나는 열여덟 살이었고, 소도구 담당이었죠……"

"내가 그를 알게 되었을 무렵에는, 그가 영화 일을 그만둔 지 오래되었을 때였어요……"

"마요는 영화 만드는 일을 한 번도 좋아한 적이 없었어요. 어찌다가 영화를 하게 되었던 거지……"

그는 테라스에 있는 테이블 쪽으로 따분한 눈길을 던졌다.

"그는 지금 저기서 열심히 일하고 있는 사람들과는 전혀 달랐지요……"

최대한 관심을 가지고 그를 뚫어지게 쳐다보면서 내 기억을 샅샅이 뒤져봐도 별 소용이 없었다. 아무리 애써도 내 기억 속에 남은 그에 대한 영상은 단 한 가지뿐이었다. 마요의 자동차 운전석에 앉은 모습. 그리고 마요가 그를 부를 때 무슨 별명으로 불렀던 듯한 어렴풋한 기억.

"그가 당신을 뭐라고 불렀었죠?" 나는 한번 떠보았다.

"탱탱이라고요. 그 시절엔 지금보다 훨씬 말랐었거든요…… 난 만화에 나오는 탱탱을 닮았었죠……"

그렇지, 틀림없어. 마요는 트루아용가의 호텔 창문에서 몸을 숙이고서 탁한 목소리로 탱탱, 하고 부르곤 했었다. 탱탱…… 내 앞에 앉아 있는 탱탱은, 잠시 전 테라스에서 우연히 마주친 과거에 내가 알던 소녀, 지금은 세월이라는 요술지팡이에 의해 마흔 살 먹은 여자로 변해버린 그 소녀 못지않게 나를 거북하게 만들었다. 몸무게가 두 배로 불어나버린 늙은 탱탱.

"그는 내게 골프 바지를 사줬어요…… 그리고 내 생일 때는 폭스테리어 한 마리를 선물로 주기도 했고요. 그때 이후 이 바닥에서는 나를 항상 탱탱 카르팡티에리라고 불러요……"

나는 마치 한 줄기 향수 냄새를 맡듯이 마요의 엉뚱한 일면을 다시 기억하게 되었다. 만화 주인공 탱탱을 비서로 데리고 다니는 것, 그야말로 그 사람다운 발상이었다.

"이제 또 일을 해야겠군요." 그가 한숨을 쉬며 말했다.

밖의 테라스에서는 감독이 일어서서 검지손톱을 물어뜯으며 두툼한 서류를 들여다보고 있었다. 옛날의 그 소녀는 고분고분한 태도로 그의 곁에 서 있었다.

다시 그는 내 쪽으로 몸을 수그렸다.

"당신을 꼭 다시 한번 만나고 싶어요…… 당신도 마요를 좋아했지요, 그렇죠?"

"좋아했고말고요."

"그럼, 당신에게 들려줄 아주 중요한 이야기가 한 가지 있어요…… 지금은 시간이 충분치 못해서……"

그는 비밀 이야기가 범람하지 않도록 자제하려는 듯 입술을 꼭 다물었다. 그러고는 턱끝을 단호하게 움직이면서 입을 열었다.

"그런데 말이죠…… 마요는 안 죽었어요…… 죽지 않았다고요…… 내가 미쳤다고 생각하시겠죠, 안 그래요? 마요는 죽지 않았습니다. 지금은 시간이 없어요. 하지만 다시 만날 약속을 하기로 하죠……"

"좋아요."

"내일…… 밤 열두시 반에…… 여기…… 이 카페에서…… 내가 시간 맞춰 오지 못하더라도…… 기다려줘요…… 우린 이 길에서, 바로 요 옆에서 촬영을 하니까……"

"좋아요."

"시간은 충분할 테니 당신한테 모두 설명해드리겠어요."

그는 자리에서 일어나 악수를 했다. 그리고 서둘러 홀을 나갔다. 그는 영화감독을 둘러싸고 있는 무리와 합류했지만 그들에게서 약간 거리를 두고 서 있었다. 이제 홀 안에는 나뿐이었다. 그때 머리 위쪽에서 네온의 웅웅거리는 소리처럼 아주 약하게 조르주 마요의 웃음소리가 들려왔다. 나는 저기 저쪽에 스무 살쯤 더 젊은 모습으로 금발에 골프 바지를 입고 폭스테리어 한 마리를 목줄에 매어 잡고 있는 사람을 머릿속에 그려보았다.

아파트에 돌아온 나는 혹시 탱탱에 대한 기록은 없는지 서류를 뒤적거렸다. 12페이지에 그가 1965년 7월 11일자로 제출한 짤막한 진술서가 있었다.

……로베르 카르팡티에리, 1938년 6월 7일 파리(10구) 출

생. 영화 제작스태프. 파리(17구) 브뤼넬가 5번지 거주……
그는 다음과 같이 진술함.

본인은 조르주 마요 씨를, 그의 마지막 영화를 찍던 1955년 4월에 만나 알게 되었다. 그때부터 본인은 그와 친분을 이어왔다. 본인은 때때로 그의 운전사 및 비서로 일했으며 그가 피에스트리 양과 결혼할 때인 1960년에 그와 함께 로마에 간 적이 있다.

본인은 마요 씨와 함께 그의 친구 몇 사람을 만난 적이 있다. 그러나 본인이 카르멘 블랭 부인과 대면한 기회는 극히 드물었다. 마요 씨가 그 부인과 오래전부터 알고 지냈다는 것을 본인은 알고 있었다. 본인은 알베르 1세 산책로에 있는 카르멘 블랭 부인 댁에 두세 번 마요 씨를 모시고 가야 했던 적이 있었다.

본인은 헤이워드 씨 내외나 뤼도비크 푸케 씨를 한 번도 만난 적이 없다. 본인은 마요 씨가 그들을 알고 있다는 사실조차 몰랐다. 그는 한 번도 본인에게 그들의 이야기를 한 적이 없다.

트루아용가(17구) 1번지 트라이엄프 호텔에 기거하던 마요 씨가 유일하게 내왕했던 사람은 영화인 알베르 발랑탱이었다. 장 데케르라는 이름이 특별히 본인에게 상기시키는 것은 없다. 본인 앞에서 마요 씨가 그의 이름을 언급하는 것을 들어본 기억이 없다.

서명……

그러니까 내 이름이 그에게 상기시키는 바는 아무것도 없었다…… 어쩌면 탱탱은 자기가 말한 것보다 훨씬 더 많은 것을 알고 있는지도 모른다. 그러나 어쨌든 간에 그는 단역에 불과했다. 그림 속 풍경 저 끝에 눈에 띌까 말까 한 그런 실루엣 중 하나일 뿐이었다.

나는 서류철을 덮었다. 빠끔히 열린 창문 틈으로 불어오는 바람이 커튼을 흔들고 있다.

이 아파트에서 서류를 읽으면서 밤을 지내기가 돌연 힘에 부치는 것만 같다. 나는 호텔로 돌아가기로 결심했지만 전날 저녁처럼 이 죽은 듯한 도시를 걸어서 가로지를 엄두가 나지 않았다. 그래서 나는 콜택시를 한 대 불렀다.

파리를 여행중인 관광객 누구나 그렇듯이, 호텔방으로 되돌아오고 나니 마음이 놓인다. 나는 상의 안주머니에 들어 있는 영국 여권을 어루만졌다. 나는 어떤 악몽을 꾸고 깨어난 것이었다. 탱탱은 실제로 존재하는 인물일까? 물론 그 서류가 있고 쿠르셀가의 아파트 열쇠도 있었다. 그러나 나는 그것들을 영원히 없애버릴 수도 있었다. 그러면 다시는 아무런 흔적도 남지 않게 될 터였다. 아무런 흔적도. 당장 그다음날 아침에 가벼운 마음으로 클로스터스로 떠날 수도 있을 터였다.

나는 아내에게 전화를 걸고 싶었지만 너무 늦은 시간이었다. 그리고 또 내 목소리가 어딘지 약간 이상한 느낌을 줘 그녀를 불안하게 할까봐 걱정되었다. 원형 거실과 중국식 탑, 그리고 '탱탱'을 우연히 만난 일 등을 그녀에게 자세히 설명해줄 수 있는 적당한 영어 표현을 찾아낼 수 있으려나? 어떤 종류의 일은 자기 혼자만 알고 덮어두는 게 더 낫다.

나는 책상 위에 내 낡은 선글라스를 내려놓았다. 그런데 돌연 오싹한 전율을 느꼈다. 이 선글라스가 내가 저질렀을지도 모르는 어떤 범죄의 증거물이 되는 게 아닐까.

나는 옷도 벗지 않은 채 침대에 누워 라디오를 켰다. BBC 방송을 잡기 위해 천천히 다이얼을 돌렸다. 영어로 말하는 목소리를 들으면서 나는 내가 분명 앰브로즈 가이즈라는 것을, 햄프스테드 히스에서 산책을 마치고 일요일 해질녘 고요한 권태 속으로 돌아온 영국 작가라는 사실을 나 스스로에게 확인시키고 싶었던 것이다.

나는 창문 넘어 그 영화 촬영팀의 작업을 바라보고 있었다. 소녀는 천천히 층계를 올라갔다. 건물 전면의 차양 밑에 이르자 소녀는 주먹으로 문을 두드렸다. 문이 열리고, 흰색 연미복을 입고 반백의 머리를 짧게 깎은 남자가 문턱에 가만히 서 있었다. 이 장면만 벌써 세번째 반복이다.

"그분을 만날 수 있을까요?" 소녀가 신경질적으로 물었다.

"당신을 기다리고 계십니다."

그리고 흰색 연미복을 입은 남자는 왼팔을 크게 움직여 그녀에게 들어오라는 시늉을 했다. 소녀는 뒤로 물러섰다.

"그분이 저를 기다리시는 게 틀림없나요?"

바로 그 순간 감독이 "컷!" 하고 소리쳤고, 모든 게 처음부터 다시 시작되었다. 그들의 목소리는 마치 확성기로 증폭된 듯 어둠 속에서 반향하고 있었다. 중국식 탑 아래쪽에는 눈이 부시도록 환하게 불이 밝혀져 있었다. 그들은 감독 주위에 어두운 그림자 무리를 이루고 있었는데 나는 그 속에서 탱탱 카르팡티에리의 그림자를 찾으려고 애를 썼지만 헛수고였다.

원형 사무실의 불은 꺼두었었다. 오히려 아래편에 있는 탱탱 그 사람 쪽에서 나를 알아볼 수 있을지도 모른다는 생각이 들었기 때문이다. 그는 어쩌면 옛날부터 로크루아의 아파트를 알고 있는지도 모른다. 그래서 만약에 내가 로크루아의 아파트 발코니에 있는 것을 그가 보기라도 하면 과거의 자세한 기억이 되살아날 염려도 없지 않았다. 가령 장 데케르라는 사람의 존재에 대해서 말이다. 그렇지만 어제저녁에 그는 나에게 구체적인 질문은 하나도 하지 않았다. 그로서는 내 얼굴을 어렴풋이 기억해낸 것으로 충분했던 것이다. 결국 그에게 중요했던 건 그저 누군가와 조르주 마요에 대해 이야기를 나누는 일이 아니었나라는 생각이 든다.

마요의 죽음은 로크루아의 죽음 몇 달 전의 일이었다. 나는 그 소식 역시 런던 몽펠리에광장 근처의 신문 가판대에서 프랑스 신문을 뒤적이다 알게 되었다. 열댓 줄 정도의 짤막한 기사. 기사에 사진을 싣는 것은 불필요하다고 판단한 모양이었다. 도대체 무엇 때문에 사진까지 싣겠는가? 마요가 영화를 그만둔 지도 벌써 오래였다. 기사에 따르면 그는 새벽 세시에 "어떤 바에서 나오다가" 몽테뉴대로의 인도 위에 쓰러졌다는 것이다. 지나가던 행인이 그를 발견하고 구급차를 불렀다. 당시로서는 거의 같은 무렵에 난 그 두 번의 초상 때문에 내가 유별난 감회에 젖은 건 결코 아니었다. 자기를 도와주려고 다가간 행인에게 마요가 간신히 "가엾은 친구, 나도 이젠 늙었군" 하고 중얼거린 변명도 내겐 아무런 감회를 자아내지 못했다.

밤 열두시 반. 저 아래 다른 사람들은 조명등을 끄고 쿠르셀가 위쪽에 세워둔 트럭에 장비들을 차곡차곡 싣고 있었다. 나는 한 십여 분간 기다렸다가 계단을 내려갔다. 건물에서 나가는 모습을 탱탱 카르팡티에리에게 보이고 싶지 않아서 대문을 조금만 열고 거리로 미끄러지듯 빠져나왔다. 그들 무리는 중국식 탑의 입구에 모여 있었지만 내게 등을 돌린 채였다. 나는 빠른 걸음으로 길을 건너 평범한 산책자처럼 한가롭게 인도 위를 걸었다.

그는 전날 저녁 우리가 차지했던 바로 그 테이블에 앉아 있었다. 하늘색 셔츠의 소매는 걷어올린 채, 얼굴이 땀에 흠뻑 젖어 있었다. 그는 나에게 미소를 지어 보였다. 나는 그와 마주하고 앉았다.

"대단한 더위군요…… 멍청하게…… 맥주를 벌써 두 잔이나 마셨답니다……"

그는 손수건을 꺼내 이마의 땀을 닦았다.

"안 오시나 해서 걱정했어요…… 먼 곳에 묵고 있나요?"

"카스틸리온가의 호텔에요."

"당신을 만나게 되어서 얼마나 반가운지 모르겠습니다. 뭘 좀 드시겠어요?"

그는 몸을 돌려 눈으로 보이를 찾았다. 헛수고였다. 저쪽 카운터에는 아무도 없었다. 카페에는 우리 두 사람밖에 아무도 없는 것이었다.

"우리를 까맣게 잊어버린 모양인데요. 하지만 그런 건 상관없어요……"

무더위, 침묵, 인적 없는 카페, 그리고 네온등이 쏟아붓는 하얀 불빛…… 꿈을 꾸는 것인가?

"내 맥주라도 좀 마셔보겠어요?"

그는 내가 일어나서 가버리지나 않을까 싶어 겁이 나는지, 무슨 수를 써서라도 나를 꼭 잡아둬야겠다는 듯 불안한 표정으로 자기가 이미 반쯤 비운 맥주잔을 손가락질해 보였다.

"아뇨, 괜찮아요."

"담배는요?"

"아뇨, 괜찮아요."

그의 발그레한 얼굴과 덥수룩한 금발, 그리고 하늘색 셔츠 위로 네온 불빛 그림자가 어른거리고 있었다. 너무나도 강렬한 원색. 그의 턱끝에 잠시 동안 매달려 있다가 테이블 위로 떨어지는 땀방울을 나는 가만히 지켜보았다. 그는 담배에 불을 붙였다.

"촬영하고 있는 영화 제목이 뭐죠?"

그는 잠시 머뭇거렸다.

"제목요? 아, 네…… 〈7월의 만남〉이라고……"

"그런 제목의 영화가 이미 있는 것 같은데……"

"네. 그것이, 그러니까 아무것도 모르는 사람들이에요…… 교육을 좀 시키든지 해야지 원…… 감독이라는 사람은 조르주 마요의 이름도 모른다고요……"

그는 담배를 크게 한 모금 빨고는 내게로 몸을 굽혔다.

"어제저녁에 내가 말하려고 했던 것은 아주 중요한 일이에요…… 마요는 죽지 않았어요……"

그는 마지막 말을 느리지만 단호하게 말했다. 그가 연기를 내뿜자 우리 두 사람의 머리가 담배 연기에 휩싸였다.

"농담이 아니라고요…… 오늘밤 당신은 마요를 만나게 될 거예요……"

나는 갑자기 소름이 끼쳤다.

"아주 묘한 충격을 받을 겁니다…… 나도 처음에는…… 그는 별로 변하지 않았어요……"

나는 힘을 내기 위해 주먹을 꼭 쥐고, 미치광이의 비위를 건드리지 않으려고 애쓰는 사람 같은 어투로 말했다.

"그렇다면…… 그 사람은 어디 있죠?"

"파리에요. 바로 여기서 가까운 곳이에요. 잠시 후면 만나게 될 겁니다."

"분명히 그 사람이라고 확신하세요?"

"물론이죠. 그렇지 않다면야 당신한테 얘기도 못 꺼냈을 거예요. 그런 걸 가지고는 농담하는 게 아니죠. 더군다나 나는…… 난 언제나 유령이니 혼령 소환술 따위 얘긴 질색이었으니까요."

그렇게 말할 때 그는 아주 태연하고 이성적이었다. 심지어 그는 내게 미소까지 지어 보였다.

"언젠가는 반드시 마요를 아는 누군가에게 그 이야기를 해야겠다고 생각하고 있었어요……"

그는 목소리가 점점 부드러워지더니 거의 속삭이는 듯했다. 그러나 그의 차에 올라타는 순간 나는 막연한 불안감을 느꼈고 그 느낌은 알 수 없는 목적지를 향해 달려감에 따라 점점 더 짙어졌다. 그는 아주 이상한 방식으로 커브를 돌았고 붉은색 신호등을 무시한 채 마구 달렸다.

우리는 비농가 초입에 있는 비좁은 바에 가서 몇 안 되는 탁자들 중 하나를 골라 앉아 기다리고 있었다. 카르팡티에리는 창가에서 가장 가까운 자리를 택했다. 그는 누군가가 거리로 지나가기를 골똘히 기다렸다.

"항상 새벽 한시 십오분에서 한시 반 사이거든요."

안쪽 벽에 걸린 시계는 한시 이십삼분을 가리키고 있었다.

"흰색 란차 플라미니아 자동차가 멈추는 걸 보시면……"

그는 카운터로 담배 한 갑을 사러 갔다. 그 플라미니아 모델이 어떻게 생겼는지 잘 기억이 나지 않았지만 그런 건 중요한 게 아니었다. 어둠 속에서 흰색은 눈에 잘 띄니까.

그가 테이블에 막 돌아와 앉는데 흰색 자동차 한 대가 맞은편 인도를 따라 카페가 있는 위치에 멈춰 섰다.

"그 사람이에요…… 그 사람이라고요……" 카르팡티에리가 귓속말을 했다.

그는 나를 카페 밖으로 밀어냈다. 나는 가슴이 크게 고동쳤다. 이제 함께 길을 건너가면 이 사람은 란차 자동차를 운전하고 있는 사람에게 다가가 그에게 더 가까이 몸을 기울일 터였으니까. 우리가 정말로 조르주 마요와 대면하게 된다면 나는 어떻게 해야 한단 말인가? 그러나 그는 자신의 자동차를 세워놓은 마들렌 대로의 모퉁이까지 나를 끌고 갔다. 그리고 내게 차문을 열어주었다.

"타세요."

카르팡티에리가 운전석에 앉고 나는 그 옆 조수석에 앉았다. 여전히 그의 턱에서 땀방울이 흘러내리고 있었다.

"보이죠…… 그는 저기에 차를 멈춘 채 그대로 있어요……"

우리들 앞 십여 미터쯤 되는 곳에서 란차 자동차의 뒤꽁무니가 빛을 발하고 있어서 나는 눈이 부셨다.

“저이가 왜 저렇게 기다리고 있는지 영문을 모르겠네…… 언젠가 밤에 카페에서 나오는 어떤 아가씨를 차에 태우는 걸 봤어요……”

“어쩌면 그 여자를 기다리는지도 모르지요……”

“그럴지도 모르죠.”

“그럼 마요는 절대로 차에서 내리질 않나요?”

“여기선 절대로.”

조금 더 먼 쪽에서 인도를 성큼성큼 걸어오던 여자들 셋이 란차 자동차 쪽으로 가더니 마치 어린애들이 윤무를 출 때처럼 천천히 자동차 주위를 돌고 있었다.

“그럼 당신은 한 번도 그에게 가서 말을 해본 적이 없나요?”

“한 번도 없어요.”

“왜요?”

그는 내 말에 대답하지 않았다. 그가 무뚝뚝하게 라디오 스위치를 누르자 반쯤 지지직거리는 잡음 섞인 오케스트라 음악이 흘러나왔다.

“그래, 우리는 여기서 이렇게 기다릴 건가요?”

“네, 여기서 기다리는 거예요.”

그는 손목으로 턱을 문질러 닦은 후 내게 담뱃갑을 내밀었다.

“고맙지만 안 피워요.”

"나도 안 피우겠어요. 피우고 싶지 않네요."

여자들은 이제 자동차에서 물러나고 있었다.

"됐어요…… 그가 다시 움직이는군요……"

카르팡티에리는 그의 차가 세즈가 모퉁이를 돌 때까지 기다렸다가 시동을 걸었다.

"차를 놓치겠는데요." 내가 그에게 말했다.

"아…… 아뇨…… 그가 가는 코스를 난 다 외우고 있어요……"

란차는 말제르브대로에 접어들자 속도를 점점 늦추는 것 같았다.

"그는 아주 서행 운전할 때도 있어요. 그럴 때면 내가 그를 추월해서 다음 사거리에서 먼저 기다리는 거예요."

대로에는 내가 이십 년 만에 처음으로 파리공항에 도착해 시내를 건너질러가던 날처럼 인적이 없었다. 불 꺼진 건물을 따라가고 있는 란차는 그날 오후에 내가 느꼈던 황량한 느낌과 똑같은 기분을 불러일으켰다. 차는 어느새 쿠르셀가를 따라가고 있었다.

"이따금 그는 이 인도를 따라…… 몽소공원 철책 옆에다 차를 세우지요…… 오늘도 그렇게 하려는지 어디 봅시다……"

아니었다. 그는 바그람대로로 계속해서 달렸다.

"처음에 나는 여기서 그를 놓칠 뻔했어요. 빨간불 때문에요……

그렇지만 이젠 걱정 없어요…… 그는 절대로 코스를 바꾸지 않으니까요……"

우리는 거의 트루아용가까지 와 있었다. 란차는 과연 그 길로 접어들어 1번지에 있는 호텔 앞에 멈출 것인가? 그렇게 되면 조르주 마요, 알베르 발랑탱 그리고 나 이렇게 셋이 호텔의 홀에서 서로 마주치게 되겠지. 그리고 모든 것이 다시 시작될 테지. 그전처럼. 그러나 우리는 트루아용가를 지나쳐버렸다. 우리는 에투알광장에 이르고 있었다.

"저기서 그는 광장을 몇 번이고 빙빙 돈다고요." 카르팡티에리가 말했다. "꾹 참고 기다릴 각오를 해야 해요…… 어느 날 밤엔가는 그 뒤를 따라 이렇게 열네 바퀴나 계속 돈 적이 있었다고요……"

그는 앞차 운전자의 주의를 끌게 될까봐 염려가 되는 듯 이십여 미터 정도의 거리를 유지했다. 그 시간에 에투알광장을 자동차로 달리는 건 그 사람과 우리뿐이었다. 나는 저 란차의 운전석에 정말로 누가 앉아 있는 것인가, 하는 의문을 품지 않을 수 없었다. 왜냐하면 아무리 눈을 비비고 보아도 사람의 그림자조차 알아볼 수 없었기 때문이다.

"그 사람이 저 차를 타고 있는 게 분명한가요?"

"물론이죠."

내 눈에 내 앞의 저것은 모든 것이 소멸한 한밤, 파리를 뚫고 끝도 없이 미끄러져만 가는 란차의 유령처럼 보였다.

"하 참, 오늘 재수가 좋은데요. 그가 한 바퀴만 도는군요."

란차는 이에나대로로 내려가기 시작했다.

"그럼 저녁마다 늘 똑같은 식인가요?"

"아뇨, 이따금 이 주씩 종적을 감추기도 해요."

"그럼 당신은 밤마다 그를 따라다닌단 말인가요?"

"거의요. 가능한 한 자주 만남을 가져보려고 노력해요."

그는 쓸쓸한 목소리로 '만남'이라는 단어를 내뱉었는데 그 말이 내 마음속에 메아리를 불러일으켰다. 나는 〈7월의 만남〉이라는 그의 영화 제목을 생각했다. 때는 바로 7월이었다. 날이 더웠다. 사람들은 휴가를 떠났다. 이십 년이 지난 후 여름 저녁, 나는 이 부재의 도시를 누비고 다니는 중이다. 나 역시 어찌된 영문인지 잘 알지 못한 채 7월의 만남을 위해 파리에 돌아온 것이다.

"그런데 뭘 보고 저이가 조르주 마요라고 생각하는 건가요?"

그는 어깨를 으쓱했다.

"확인을 해보고 싶은 건가요?"

그는 갑자기 액셀러레이터를 밟았고 우리는 란차를 가로질러 등뒤로 남겨 놓은 채 대로의 보다 먼 곳, 레제타쥐니광장가에 가서 멈추었다.

"이제 정신을 바짝 차리세요…… 그가 우리 옆을 지날 테니까요…… 상당히 천천히 달리지요…… 그를 볼 시간이 있을 겁니다……"

나는 이마를 차창에 바싹 갖다붙였다.

"뭣보다도 정신을 바짝 차리고 있어야 한다고요……"

내게서 몇 센티미터 떨어진 거리에 옆모습 하나가 지나갔다. 조르주 마요의 것일지도 모르는, 그렇지만 머리가 백발로 뒤덮인 단정한 옆모습이었다. 그 역시 옷깃을 추켜세운 채 흰색 우비를 입고 있었다. 란차는 우리를 추월하여 대로를 계속 질주했다.

"어때요? 그를 알아봤어요?" 카르팡티에리가 나에게 물었다.

"네."

나는 그를 실망시키고 싶지 않았다.

"하지만 조르주는 흰머리가 없었는데……"

"흰머리가 없었지요. 그러나 이제는……"

그는 한숨을 내쉬었다.

"나나 마찬가지지요…… 당신은 내가 아직도 탱탱을 닮았다고 생각하세요?"

우리는 탐정놀이를 다시 시작했다. 또다른 자동차가 머지않아 우리를 뒤쫓아올 것이다. 그다음에는 두번째 자동차가, 다음에는 세번째 자동차가. 그렇다, 영문 모를 장례식이나 순례를 위한 행렬이 하나 만들어질 것이다.

"왜 그렇게 웃어요?" 카르팡티에리가 내게 물었다.

"아무것도 아녜요."

이제 란차는 윌슨 대통령 대로를 따라가고 있었다.

"저이는 종종 여기서 멈추지요…… 갈리에라 저택의 철책 앞에서요……"

틀렸다. 란차는 길을 내처 달렸다.

"당신은 오늘 재수가 좋군요…… 오늘 저녁에는 아무데서도 서지 않는걸요……"

자동차는 이에나광장을 돌아서 피에르프르미에드세르비대로로 접어들었다. 우리는 '칼라바도스' 앞을 지나고 있었다. 카르멘은 새벽 네시경에 나를 그 집으로 데려가곤 했다. 그녀는 집으로 돌아가는 걸 무서워했는데 그 술집에 가면 그녀처럼 집에 돌아가 자고 싶어하지 않는 사람들을 만날 수 있었다. 어느 날 밤, 카르멘이 내게 뤼비로자를 소개해준 곳도 '칼라바도스'였다. 또 바로 거기서 나는 헤이워드 가족을 처음 만났는데—야릇한 일이지만—그들 부부의 멋지고 품위 있는 모습에 깊은 인상을 받았고, 또 바로 거기에서 멕시코 오케스트라 옆에 있는 우리 테이블로 점점 많은 사람들이 몰려들곤 했다. 마리오 P., 시에라 달레, 뤼도 푸케, 파바르, 앙드레 카르베 그리고 그 밖의 많은 사람들. 나는 카르멘이 더이상 내게 관심을 쏟지 않게 될까봐, 그 많은 사람들 속에서 나를 잊어버릴까봐, 또 내가 영원히 그 여자를 잃어버리지 않을까 겁이 난 적이 있었다……

"무슨 생각을 하는 거예요?" 카르팡티에리가 내게 물었다.

"아무 생각도 안 해요."

나는 그 흰색 자동차 뒤를 따라가면서, 해뜰 무렵이 되어 내가 카르멘을 '칼라바도스'에서 집까지 바래다줄 때 걸어가던 그 길과 같은 길을 지금 우리가 달리고 있다는 생각을 했다. 조르주5세대로. 알마광장. 나는 미처 장구종가 쪽 창문을 바라볼 시간이 없었다. 보이는 것은 오직 아파트 앞 조그만 정원을 에워싸고 있는 철책뿐이었다. 불빛이 전혀 없었다. 카르멘은 벌써 오래전에 그곳을 떠난 것이 분명했다. 그녀는 어떻게 되었을까? 나는 감히 탱탱에게 물어볼 용기가 나지 않았다. 하기야 그의 진술서 내용이 사실이라면 그는 카르멘을 잘 알지 못했다. 그렇기는 해도 혹시 모른다 싶어 나는 끝내 물어보기로 결심했다. 그래서 목청을 가다듬고서,

"저 철책 뒤쪽 아파트 일층에 마요의 친구가 살았었는데……"

"아, 그래요?"

"그 여자를 모르시나요?"

"네."

그런 대답이 나올 줄 알았다. 정말로 알고 싶은 질문에는 누구도 대답해주지 않는 법이다. 그러나 그건 아무래도 좋았다. 나 스스로도 카르멘이 어찌되었는지 알아낼 수 있으니 말이다. 그랬다, 꼭 이런 별 볼 일 없는 조역의 도움이 있어야 알 수 있는 것은 아니었다.

"마요는 아는 여자가 하도 많아서…… 난 누가 누군지 통 알 수가 없더군요." 그가 말했다.

우리는 란차 뒤를 따라 몽테뉴대로를 거슬러올라갔다.

"신문에는 그가 몽테뉴대로에서 죽었다고 났었는데." 내가 그에게 말했다.

"그렇게 났었죠…… 하지만 그건 사실이 아녜요……"

탱탱은 대로가 거의 끝나가는 곳, 옛날 차고에 이르러 차를 멈추었다. 란차는 우리로부터 천천히 멀어지면서 롱푸앵을 지난 다음 마티뇽대로로 접어들었다.

"이러다 놓치게 생겼는데요." 내가 그에게 말했다.

"그는 몽테뉴대로 반대 방향에서 다시 내려올 거예요…… 그러니까 우리는 여기서 기다려도 돼요……"

"난 지쳤어요…… 호텔로 돌아가고 싶은걸요."

"여기서 포기하면 안 돼요……"

그는 당황한 표정으로 나를 향해 고개를 들었다.

사실 그랬다. 여기서 그만둘 수는 없었다. 일단 톱니바퀴처럼 물려 있는 장치에 손을 댄 지금 물러서기란 불가능했다. 게다가 저 크고 통통한 얼굴, 저 불안해하는 두 눈을 보니 서글퍼졌다.

"앞으로 몇 날 밤이나 더 그의 뒤를 쫓아다닐 생각인가요?"

"모르겠어요…… 난 불면증이에요…… 그러니 상관없어요."

"그렇지만 마음 단단히 먹고 그에게 말은 걸어봐야 할 게 아녜요?"

"노력해봤어요." 그는 어렴풋한 목소리로 내게 말했다.

그는 다시 피로에 지친 얼굴을 하고 나를 바라보았다.

"그는 아무 말도 못 들어요…… 몸이 뻣뻣해진 채로 핸들을 잡고 있다고요…… 나무토막처럼요…… 아주 똑바로…… 고개를 쳐들고 앉아서…… 그야말로 진짜 몽유병 환자라고요……"

그는 글러브박스를 열었다.

"어느 날 밤 그가 갈리에라 저택 앞에서 차를 멈추길래 나는 차에서 내려 그의 사진을 몇 장 찍었어요…… 인스터매틱 사진기로요…… 구경하시겠다면……"

그는 차의 천장등을 켜고 사진 두 장을 내게 내밀었다. 사진 속에서 기껏 자동차의 하얀 문만 알아볼 수 있었고 차창 틀에는 추켜세운 바바리코트 깃이 보일 뿐이었다. 나머지 부분은 어두워서 아무것도 보이지 않았다.

"별로 큰 도움은 안 됐어요." 그가 내게 말했다.

그러나 어느새 란차가 몽테뉴대로 끝에 다시 나타나 우리 쪽으로 달려오고 있었다. 카르팡티에리는 잠시 기다렸다가 차를 반대 방향으로 돌렸다.

"계속 저 차를 따라갈 건가요?"

"아뇨…… 걱정 마세요…… 곧 끝날 테니까요……"

그는 내가 마치 신성모독적인 발언이라도 한 듯, 쌀쌀한 어조로 말했다.

"조르주 마요와 정말로 친한 사이가 아니었던 사람에게는 이런 일이 지루하리란 건 나도 이해해요."

"난 그와 친했는걸요."

"나만큼 친하지는 않았잖아요."

나는 차라리 대답을 않는 편을 택했다.

알마광장. 나는 다시 한번 카르멘의 아파트 쪽으로 눈길을 던지지 않을 수 없었다. 모두 불이 꺼진 채 캄캄했다. 벤치가 있는 작은 공간도, 철책도, 창문도, 건물의 돌도 모두. 오직 정원의 나뭇잎새에 녹색 그림자가 빛나고 있을 뿐이었다. 내가 처음으로 이곳에 왔던 때가 생각났다. 파리의 리옹역에서 오는 길이었다. 봄날에 파리를 가로질러갈 때의 그 인상을 그때 이후 나는 한 번도 느껴본 적이 없었다. 그때 내게는 바야흐로 인생이 시작된다는 느낌이었다.

우리는 알베르 1세 산책로, 그리고 라렌 산책로를 따라갔다. 흰색 란차는 양쪽 차도의 한가운데를 달리고 있었다. 그러나 그런 건 아무 상관 없었다. 반대편에서 오는 차가 하나도 없으니 말이다. 라렌 산책로는 녹음이 짙고 넓은 가로숫길이라 길 끝에 무엇이 나타날지 알 수 없었다. 바다가 나타날까?

알베르 1세의 동상이 서 있는 곳에서 란차는 유턴했다. 양옆에 플라타너스가 늘어선 잔디밭. 나는 더러 카르멘과 함께 밤에 이곳에 와서 산책을 했었다. 아니면 혼자서. 나는 파리의 선착장과 닻을 내리고 정박해 있는 배를 구경하기 위해 강둑의 난간 위로 몸을 숙여보기도 했다.

"마지막 코스를 도는 중입니다." 탱탱이 음산한 목소리로 내게 말했다.

우리는 란차를 따라 알렉상드르 3세 다리로 접어들었으나 탱탱은 다리 한가운데서 차를 멈추고 시동을 껐다. 란차는 멀어져 갔고 하얀 차체는 오르세부두로 사라졌다.

"자, 이제…… 끝났어요……"

"더이상은 따라가지 않는 건가요?"

"아뇨, 더 가기도 해요…… 그는 부두를 따라 가릴리아노 다리까지 가지요. 생클루 문에서 서부 고속도로를 타요…… 그리고 거기서 한 시간가량 달리고…… 그러고는 파리 쪽으로 차를 돌려서…… 그렇게 몇 시간이고 몇 시간이고 계속될 수도 있어요……"

"그런데 당신은 그가 어디에 사는지 모르나요?"

"느낌으로는 생클루와 쉬렌 사이 어디쯤인 것 같아요…… 발도르 지방쯤…… 그이는 꼭 발도르에서 나를 따돌리거든요……"

그가 고개를 숙였다.

"바람 좀 쐬지 않겠어요?" 내가 그에게 말했다.

"그래요."

우리는 차에서 내렸고 나는 다리 난간에 몸을 기댔다. 갑자기 엄청난 공허감이 엄습해왔다. 하얀 란차 자동차가 사라지니 허전했다.

나는 언제나 이 지점에서 바라다보이는 풍경을 좋아했다. 오른쪽에는 트로카데로와 파시의 고층 건물들이 있고, 그 뒤로 비탈진 공원과 옛날식 산장을 상상해보곤 했다. 그리고 반대쪽에는 콩코르드광장의 불빛. 붉은빛, 은빛 그림자가 어른거리는 센강. 이곳에 오면 좀더 시원했으며 공기가 가벼워 숨쉬기에 편안했다. 녹색이 감도는 청동 난간에 세워진 가로등 하나가 내 옆에 서 있는 카르팡티에리의 얼굴을 비추고 있었다. 노란 불빛 아래서 그 얼굴은 조금 전보다 더 무겁고 피로에 지쳐 보였다. 골이 난 듯한 표정 속에 두 입술을 굳게 다문 채 이제 막 눈물이라도 흘릴 듯이 눈썹을 찌푸렸다. 그는 아무 말이 없었다. 그가 나에게 구구한 변명을 해줄 필요는 없었다. 나는 모든 것을 다 이해할 수 있었다. 어느 정도의 나이가 지나고 나서 탱탱과 닮아 있기란 지극히 어려운 일이리라.

그는 리볼리가에서 차를 멈췄다. 나는 그와 악수했다.

"다시 만나게 되겠지요." 내가 그에게 말했다.

"혹시라도…… 우리는 이 주간 동안 같은 장소에서 계속 영화 촬영을 할 거예요…… 어디로 오시면 나를 만날 수 있는지 알고 계실 테니까……"

"그리고 다시 한번 란차 뒤를 따라 당신하고 같이 다닐 수도 있고요……"

나는 곧 아이러니가 섞인 어조로 말한 것을 후회했다.

"좋으실 대로 하시죠." 그는 내게 쌀쌀한 어조로 말했다. "하여간 현재로선 나는 매일 밤 마요의 차를 따라다녀요…… 소일거리가 되거든요……"

"그럼 또."

"안녕히 계세요. 촬영하는 데서 나를 못 만나면 탱탱 카르팡티에리 앞으로 메모를 남겨놓으시면 됩니다."

그가 차의 시동을 걸었다. 그는 내게 이름이 무엇인지, 주소가 어떻게 되는지조차 물어보지 않았다.

아케이드 아래 카페 하나가 열려 있었다. 나는 바 자리에 가 앉았다. 날이 밝았고 후덥지근한 김이 이미 거리와 튈르리공원을 뒤덮고 있었다. 목이 말랐다. 생수 한 병을 시켰다.

나는 아직 피곤함을 못 느꼈다. 이제 목적지에 도착해서 요동하는 기차에 흔들리지 않게 된 것이 오히려 이상하게 느껴지는 여행자 같은 기분이라고 할까.

호텔에서 나는 열시까지 기다렸다가 아내에게 전화를 걸 생각이었는데 옷을 입은 채 침대에 누워 그대로 잠이 들어버렸다. 그리고 오후가 되어서야 잠에서 깼다. 땀에 흠뻑 젖은 채. 나는 클로스터스 01-13-24번을 대달라고 부탁했다. 마이넛 양이 전화를 받았다.

"아이들은 부인과 함께 피크닉을 가고 없는데요, 선생님."

"별일 없지요?"

"별일 없어요. 아이들은 아주 건강해요."

"아내는요?"

"부인도 아주 좋으십니다. 선생님을 대신해서 제가 뭐 전해드릴 말씀이 있나요?"

"저녁에 다시 전화를 걸겠다고 전해주세요."

"알겠습니다, 선생님."

"그 사람이 호텔 전화번호를 알고 있는지 모르겠군요. 하지만 어쨌든 내가 전화를 다시 걸겠어요."

"이젠 아이들이 저녁에는 텔레비전을 보지 않는답니다."

"그거 참 반가운 얘기군요."

"네, 그렇습니다."

"그쪽 날씨는 어때요?"

"쾌청해요."

"너무 덥지는 않아요?"

"아뇨…… 아주 서늘해요."

"다행이군요. 그럼 안녕히, 마이넛 양."

"안녕히 계십시오, 선생님."

나는 수화기를 내려놓았다. 그 단순한 행동에 순간적으로 마음이 혼란스러워졌다. 돌연 클로스터스의 서늘한 공기를 놔두고 이토록 먼 곳에 와서, 고여서 썩은 미적지근한 물 속에서 허우적거리고 있구나 하는 느낌이 들었다.

서류 뭉치를 아무리 찾아봐도 조르주 마요의 심문조서는 나오지 않았다. 그러나 21페이지에서 나는 우연히 그와 관련된 '기록'을 발견하게 되었다.

1965년 7월 9일

1920년 7월 21일 파리 10구 출생 조르주 루이 마요 씨는 1960년 5월 12일 로마(이탈리아)에서 1935년 9월 15일 로마(이탈리아) 출생 마리아 조반나 피에스트리와 결혼했다.

그는 1960년 이후 다음 주소지에 거주해왔다. 이탈리아 로마 아라 코엘리 5번지.

마요 씨는 그의 빈번한 파리 체류시마다 트루아용가 1번지(17구) 트라이엄프 호텔에 거주한다.

조르주 마요 씨는 1941년 파리에서 영화계에 데뷔했다. 이전에 그는 코트다쥐르 지방에서 여러 가지 '잡다한 직업'에 종사했다. 그후 그는 프랑스 및 이탈리아에서 여러 편의 영화를 감독했으나 1950년대에 영화에서 손을 뗐다.

이후 그는 고가구 및 미술품 중개업을 통해 소득을 얻은 것으로 추정된다. 그의 부인은 이탈리아에 막대한 재산을 소유하고 있다.

마요 씨는 1945년 카르멘 블랭 부인을 알게 된다. 당시 블랭 부인은 아직 뤼시앵 블랭 씨와 결혼하지 않은 상태여서 당시 이름은 카르멘 쇼비에르였다.

그는 알베르 1세 산책로에 있는 블랭 부인의 집에 자주 출입했다. 그는 푸케, 장 T., 파바르, 마리오 P., 카르베 부인, 필리프 헤이워드와 마르틴 헤이워드 등 카르멘 블랭 부인의 지인들과 잘 아는 사이다.

트루아용가 1번지 트라이엄프 호텔에는 마요 역시 잘 알고 있으며 카르멘 블랭 부인과 매우 가까운 사이인 장 데케르라는 인물도 살고 있었다.

중국식 탑의 입구 장면 촬영을 마친 촬영팀이 렘브란트가 저 끝으로 옮겨가서 이제 조명등 불빛이 몽소공원의 철책을 훤하게 비추고 있었다. 나는 발끝으로 살금살금 걸어서 그들에게로 다가갔다. 머리를 짧게 깎은 반백의 한 사내가 철책에 기대서서 소리쳤다.

"엘렌…… 엘렌!…… 엘렌!" 공원 한쪽에서 그림자 하나가 빛이 비치는 곳으로 들어섰다. 키가 크고 금빛 견장이 달린 남색 바바리코트를 입은 일본 남자였다. 그는 반백의 머리를 짧게 깎은 사내에게 걸어갔다. 곧 그들 두 사람은 철책을 사이에 두고 마주보는 모습이 되었다.

"엘렌은 이제 여기 없어요. 불러봐야 대답이 없을 거예요." 일본 사람이 낭독조로 또박또박 음절을 끊어가면서 말했다.

"개새끼!……"

이 욕은 좌중을 압도하고, 숨죽여가며 촬영에 임하던 모든 사람들의 뇌리를 관통했다. 그러자 감독이 팔을 쳐들었고 촬영을 새로 시작하지 않으면 안 되었다.

나는 촬영이 잠시 중단된 기회를 틈타 그들 무리 속에 섞여들어갔다. 그들 중 어느 누구도, 내가 제작팀의 일원이기나 한 것처럼 나의 존재를 인식하지 못하는 것 같았다. 그러나 나는 불과 몇 발짝 떨어진 곳에서 손톱을 깨물며 생각에 잠겨 있는 감독에게 다가갈 엄두가 나지 않았다. 짧은 갈색 머리의 여자가 서류를 들여다보면서 때로 연필로 무언가를 메모하곤 했다. 나는 그녀에게 다가갔다.

"탱탱 카르팡티에리를 좀 만나고 싶은데요. 어디 있는지 혹시 모르시나요?" 나는 더듬거리며 말했다.

"탱탱요? 모르겠는데요…… 여기 없어요……"

"그럼 어디 가면 만날 수 있을까요?"

"저기 카로한테 물어보세요……"

여자는 모호한 손짓으로 둥근 얼굴에 갈색 머리의 키 작은 남자를 가리켜 보였다. 조명등 불빛이 그의 자개 테 안경과 남색 에스파드리유를 강렬하게 비추고 있었다. 그는 자기 옆으로 지나가는 사람 누구에게나 뭐라고 말을 했다. 명령일까? 충고일까?

나는 그의 어깨를 툭툭 건드렸다.

"탱탱 카르팡티에리가 어디 있는지 아세요?"

"카르팡티에리요? 사흘 전부터 안 나와요."

"왜요?"

"그에게 물어보쇼!"

"그 사람 여기서 매일 일하는 걸로 알고 있는데요……"

"내가 얼간이였지…… 마지막으로 그 사람 구제해보려고 했는데…… 하지만 이젠 알았다고요…… 카르팡티에리 같은 사람은 어쩔 수 없어요……"

나는 어리둥절한 채 그 앞에 가만히 서 있었다. 내 키가 더 컸고 그 사람은 내 가슴팍 근처밖에 오지 않았으므로 그는 뒤로 약간 물러서서 거리를 유지하고선 별로 유쾌하지 못한 눈길로 나를 노려보았다.

"카르팡티에리의 친구가 되시거든 가서 내 말 좀 전해주쇼. 이젠 결정적으로 신용 상실이라고요. 결-정-적-으-로…… 이젠 아무도 그 사람을 데려다 쓰지 않을 겁니다…… 내가 그 사람에 대해서 기막히게 입소문 내고 다닐 테니까……"

"혹시 전화번호라도 좀 알려주실 수 있을까요?"

"전화번호부를 찾아보면 될 거 아뇨?"

더이상 어쩔 도리가 없었다. 그는 귀찮은 듯 나에게 가보라는 손짓을 했다. 그러고는 내게 더이상 조금도 알은체하지 않았다.

나는 쿠르셀가를 건너 기타 바티에의 아파트로 돌아갔다. 나는 그녀가 시킨 대로 샹들리에 불을 켜놓고 창문은 열어두었다. 동굴처럼 서늘했던 그곳에 이제 더운 열기가 차츰 퍼져들었다. 나는 전화번호부를 찾기 위해 방이란 방은 모두 샅샅이 찾아다녔다. 그러다 기타가 로크루아의 서류를 쌓아놓은 방에서 마침내 한 부를 찾아냈다.

카르팡티에리 로베르, 브뤼넬가 5번지, 762-32-49. 서류에 기록되어 있던 것과 같은 주소였다. 파리에는 아마도 로베르 카르팡티에리라는 사람이 한 명뿐인 듯했다.

전화번호를 돌렸다. 찰칵하고 수화기 드는 소리가 들렸다. 여자 목소리, 공항에서 비행기의 출발과 도착을 알리는 그런 목소리였다.

"지금 거신 번호는 없는 번호입니다."

물론 나는 저 아래 있는 키 작고 뚱뚱한 사내에게 탱탱의 정확한 전화번호를 다시 물어볼 수도 있다. 그자가 시큰둥한 표정으로 모른다고 하면 영화 촬영팀의 이 사람 저 사람에게 물어볼 수도 있다. 또 브뤼넬가 5번지를 찾아가볼 수도 있다. 그러나 나는 미리부터 내가 그 어느 것도 하지 않으리라는 것을, 그리고 시간이 허락하는 한 내내 '지금 거신 번호는 없는 번호입니다'라고 반복하는 저 부드럽고 싸늘한 목소리에 그저 귀를 기울이고 있으리라는 것을 알고 있었다.

오히려 나 같은 사람에겐 상상력을 부추겨주는 그런 말을 듣는 것이 보다 중요한 의미를 띤다고 볼 수 있지 않을까.

나는 샹들리에 불을 끄고 거실 소파에 누웠다. 이따금 자동차가 쿠르셀가의 빨간 신호등 앞에서 난폭하게 브레이크를 밟았다가 요란한 소리를 내면서 다시 출발하곤 했다. 그러고는 모든 것이 다시 침묵에 잠겼다.

나는 저녁 일곱시경 트라이엄프 호텔방에서 그랬던 것처럼 천장에 어른거리는 그림자를 물끄러미 바라보았다. 그때 내 나이 스무 살이었고, 나는 두 눈을 크게 뜬 채 반듯이 누워 장차 내 인생이 어떤 방향으로 흘러갈 것인지를 자문해보고 있었다. 나중에 내 생애 최초의 책을 쓰기 시작했던 해머스미스의 방에서도 천장에 똑같은 그림자가 어른거렸었다. 오늘밤에는 잠들지 않을 것이다. 날이 너무 더웠고 파리의 침묵이…… 나는 눈을 감는다. 그러면 머릿속에서 하얀 자동차 한 대가 끊임없이 달린다. 컴컴한 거리와 건물을 따라 그렇게 하얗게.

곧 날이 밝을 것이다. 해가 떠서 천장의 그림자를 몰아내면 나도 안심이 될 것이다. 벌써 첫번째 햇살이 오리목 마룻바닥과 서가에 꽂힌 로크루아의 책 위로 내려와 앉는다. 햇빛에 빛나는 잘 정돈된 저 책들은 안도감을 준다. 맞은편에 보이는 탑은 푸른빛 안개 속에서 황갈색을 띠고 있다. 그리고 7월 아침, 매우 이른 시간의 파리. 그렇다, 이제 나는 안심이다. 이제 무엇을 해야 하는지 알고 있다. 왜 진작 그 생각을 못했을까?

내 생애의, 이제는 까마득한 옛날이 돼버린 커다란 부분과 관련이 있는 로크루아의 아파트에서 클로스터스의 01-13-24번으로 전화를 거는 것이 내게는 아주 자연스럽게 느껴졌다. 그렇다, 자연스러웠다. 아마도 오늘 아침 방안으로 쏟아져들어오고 있는 햇빛 때문인지도 모른다. 혹은 무언가를 하고자 마음먹은 나의 결심 때문인지도 모른다. 나는 마음이 한결 가벼워지는 기분이었다. 그런데 만약 과거와 현재가 한데 뒤섞인다면? 한 생애의 온갖 다양해 보이는 우여곡절들에도 그것들을 관통하는 어떤 은밀한 통일성, 어떤 지배적 향기가 어찌 존재하지 않겠는가?

"부인께서는 주무시는데요."

수화기를 통해 마이넛 양의 잠에 취한 목소리가 흘러나왔다.

"내가 잠을 깨웠군요?"

"아니…… 아녜요…… 전혀요, 선생님."

"애들은 어떻게 지내요?"

"잘 있어요, 선생님. 얼굴도 아주 좋답니다."

"아내는요?"

"늘 그렇지요. 클로스터스에 오셔서 몹시 좋으신가봐요."

"따분해하진 않나요?"

"아뇨…… 아녜요…… 친구분들도 만나시니까요. 친구분들이 모두 이곳에 계십니다. 어윈 쇼 씨가 잠시 후에 식사하러 오실 거예요."

"나 대신 인사를 전해줘요."

쇼는 동료 작가들 중 내가 유일하게 교분을 맺고 있는 사람이다.

"내가 파리에 한 이 주간 더 머무르게 될 거라고 아내한테 전해주세요. 그 이유는 편지를 써서 보내겠다고요."

"유감이군요, 선생님. 클로스터스의 날씨가 이렇게 좋은

데…… 그리고 아이들도 선생님을 좀 보고 싶어하고요……"

"걱정할 것 없어요. 이 주 후에는 그리로 갈 테니까."

"알겠습니다, 선생님……"

기타 바티에의 방을 나서면서 나는 문득 거울 속에 비친 내 얼굴을 보았다. 면도를 하지 않은 지가 한참 되었다. 이제 머지않아 비렁뱅이 꼴이 된다 해도 상관없었다. 클로스터스는 날씨가 좋단다. 그러나 나는 시커먼 물속에서 무언가를 더듬거리며 찾기 위해 이제 우물 깊숙이 내려가지 않으면 안 된다.

나는 밖으로 나와 쿠르셀가를 따라갔다. 햇볕이 따갑게 내리쬐었지만 그 햇살이 내 몸을 짓누르기는커녕 용기를 북돋워주었다. 나는 오스만대로 카페의 텅 빈 테라스에서 커피를 한 잔 마셨다. 요행히도 그곳에서 몇 발짝 되지 않는 곳에서 문방구를 하나 찾아냈다. 나는 줄이 쳐지지 않은 큰 사이즈의 편지지 세 권을 샀다. 그리고 펜도 한 자루. 흔한 푸른색 수성펜이었다.

파리, 7월 9일

사랑하는 케이티,

당신에게 전화를 걸기보다 몇 자 써 보내기로 했소. 어쩌면 나는 절대로 그 일본 사람과 파리에서 만날 약속을 하지 말았어야 했을지도 모르겠소. 그러나 그건 핑계에 불과했소. 오랜 세월이 지난 뒤, 내게 귀중했던 이 도시로 돌아와서 마지막으로 이 도시를 보고 싶었을 뿐…… 나는 이곳에 이 주 정도 더 머무를까 하오. 그동안 파리가 내게 생각나게 해주는 모든 것, 즉 내 인생의 초년기에 관해서 글을 쓰려는 거요. 사랑하는 케이티, 이런 일이 당신의 마음을 상하게 하지 않기를 바라오. 키스를 보내오. 아이들에게도 나 대신 키스해주시오. 또 어윈 쇼에게 내 우정을 전해주오.

사랑하오.

앰브로즈

아파트로 돌아와서 나는 살롱의 소파에 두 다리를 접고 앉아 무릎 위에다 종이 뭉치를 올려놓은 채 글을 쓰기 시작했다. 커다란 창문은 열어두었다. 날이 매우 더웠다. 아무러면 어떠랴. 사실대로 다 털어놓기로 한 지금, 나는 그 머나먼 시절로 다시 빠져들지 않으면 안 된다.

영국 작가 앰브로즈 가이즈가 되기 전에 나는 호텔의 수하물 운반인으로 인생을 시작했다. 그렇다. 수하물 운반인. 그게 지금까지—작가란 직업을 제외하고는—내가 가졌던 유일한 직업이었다.

내 나이 스무 살, 그때 나는 오트사부아 지방에 있는 스키장에서 며칠 동안 휴가를 보내고 있었는데 그마저 머지않아 끝내지 않으면 안 될 형편이었다. 내게는 돌아갈 차표를 살 돈만 간신히 남아 있는 정도였다. 어디로 돌아가야 할지 나 자신도 알 수 없는 처지였다.

로슈브륀 거리에서 갑자기 눈보라를 만나 한 치 앞을 볼 수 없는 지경인지라 나는 우선 가장 먼저 눈에 띄는 호텔에 몸을 피했다. 정전이 되어서 홀 안은 어둠침침했다. 관리인은 이따금 프런트 탁자 위에 놓아둔 손전등을 집어들고서 자신의 등뒤에 있는 선반에서 손님의 열쇠나 우편물을 찾아주곤 했다. 내가 파리에 살 때 익히 겪어 잘 알던 그런 어정쩡한 시간이었다. 어둠은 조금씩 조금씩 내리고 있지만 가로등은 아직 켜지지 않고, 건물의 형체가 하늘을 배경으로 뚜렷한 윤곽을 드러내는 시간. 마치 홀을 가로질러가거나 가죽소파에 우두커니 앉아 있는 손님들의 실루엣이 또렷하게 드러나 보이던 그날 오후처럼. 내가 이 글을 쓰고 있는 순간에도 나는 이런 생각을 떨쳐버릴 수가 없다. 그렇다, 내가 카르멘을 바로 그 시간에 만난 것은 결코 우연이 아닐 것이다. 하루 중 어떤 사람이 머릿속에 떠오르게 되는 시간이 따로 있다면, 내 기억 속에서 카르멘은 하루해가 기우는 묘하고도 폐부를 찌르는 듯한 그 순간과 따로 떼어놓고 생각할 수가 없을 것이다.

나는 프런트에서 아주 가까운 구석에 앉아 있었다. 관리인의 말소리가 들렸다.

"물론이죠, 부인…… 즉시 알아보지요, 부인…… 즉시요." 내가 보기에 그것은 일반 손님들을 대하는 통명스러운 태도에 비하면 과도한 친절이었다.

그러고 나서 그는 다시 수화기를 들었다.

"여보세요…… 블랭 부인을 위한 차량이 준비되었는지 알고 싶어서요……"

그는 수화기를 내려놓았다.

"이제 아무런 문제가 없을 것입니다, 블랭 부인."

그때 내 시선은 블랭 부인에게로 가서 멎었다. 그 여자는 내게 등을 돌린 채 나른한 자세로 프런트에 팔꿈치를 괴고 있었다. 관리인의 손전등 불빛이 그녀의 금발을 비췄다. 그녀는 베이지색 모피 외투 차림이었다. 크지도 작지도 않은 키였다. 순간 그녀는 내가 있는 쪽으로 얼굴을 돌렸다. 손전등 불빛 덕분에 나는 걱정스러워하는 듯한 그녀의 표정을 읽을 수 있었다. 서른다섯이 넘어 보이지 않았다.

"이 많은 트렁크를 어떻게 하면 좋을지 아직 잘 모르겠군요, 부인……" 관리인이 말했다.

"그럼 어떻게 하죠?"

그녀의 절망적인 어조에 나는 놀랐다. 도대체 트렁크가 무슨 비극적인 일과 관련이라도 되어 있는 것일까?

"나홀 안으로는 안 되겠는데요, 부인."

"좀 도와주세요. 무슨 방법이 없을까요?"

"그러고야 싶습니다만 불가능합니다."

"불가능해요? 왜요?"

"제가 직접 파리까지 그 짐을 날라다드릴 생각도 해보았습니다만 저는 여기서 한 순간도 자리를 비울 수가 없습니다. 특히 지금은요…… 제대로 되는 게 없어요…… 전기는 나갔지요, 또 오늘 아침부터 난방도 고장이지요……"

사실 홀 안이 어찌나 추운지 손님들은 외투나 스키복을 그대로 입고 다녔다. 심지어 어떤 이들은 여행용 담요를 머리에서 발끝까지 뒤집어쓰고 있었다. 제복 입은 종업원 하나가 탁자마다 촛불을 갖다놓기 시작했고 급사장이 큰 쟁반을 손에 받쳐들고 음료수를 날라다주고 있었다.

"이 호텔 난방 같은 건 관심 없어요. 내 유일한 관심사는 트렁크예요……"

"잘 알고 있습니다, 부인."

"그러니까 당장 무슨 방법을 찾아내달란 말이에요. 당신만 믿겠어요."

"최선을 다하겠습니다, 블랭 부인."

블랭 부인은 팔짱 낀 팔꿈치를 카운터 위에 얹은 채 골똘히 생각하는 듯한 태도로 고개를 쳐들고 서 있었다. 그렇게 뤼시앵 블랭 부인이 내게서 불과 몇 미터밖에 안 되는 곳에 서 있었다. 그저 몇 걸음이면 그 여자에게로 갈 수 있었는데 내게는 그 거리가 건너뛸 수 없는 거리처럼 여겨졌다. 그 여자는 이제 프런트를 떠나 내 시야에서 멀어질 것이다. 그런데도 나는 지난가을 파리 발드 그라스 병원에 입원했을 때 병원 휴게실에서 발견한 그 해묵은 책을 떠올리면서 그냥 안락의자에 발이 묶인 듯 앉아만 있게 될 것이다. 더러운 황색 표지에는 '그들은 어떻게 재산을 모았는가'라는 암홍색 글자의 제목이 뚜렷하게 찍혀 있었고 바질 자하로프 경이나 코모도르 드루이 같은 인물들 이름이 청색 글자로 찍혀 있었다. 그 책의 한 장章이 뤼시앵 블랭에 할애되어 있었다. 먼 시골 태생으로 파리에 올라와서 놀라울 정도로 발전을 거듭한 끝에 여러 호텔의 체인과 공연장, 바라빌의 종마사육장 등을 소유한 거물이 된 사연, 전쟁 직후 자신의 딸 또래 여자를 아내로 맞이한 일 등. 책에는 뤼시앵 블랭 부인의 사진까지 실려 있었다. 지금처럼 금발에 새파랗게 젊은 블랭 부인이 남편과 이제 막 경마에서 우승한 남편의 기수 한 사람 사이에 서 있는 사진이었다. 어느 날 밤 바라빌 도로에서 사고로 사망한 블랭…… 그 책의 저자는 모험소설에 나오는 표현들을 동원하고 있었다. "뤼시앵 블랭은 인생의 교차로에 이르렀다. 그는 어느 길을 택할 것인가?"라든가 혹은 "뤼시앵 블랭의 인생에서 사랑은 더욱 커다란 자리를 차지해갈 터였다." "—그게 당신의 마지막 대답이오, 뤼시앵 블랭?—그렇소. 나는 한번 한다 하면 하는 사람이오." 등. 발 드 그라스에서 나는 너무나 피곤한 상태여서 좋은 책들을 읽어낼 힘이 없었다.

"십오 분 후면 택시가 도착합니다, 부인."

"제네바까지 가려면 시간이 얼마나 걸리나요?"

"한 시간쯤…… 전혀 걱정하실 필요 없습니다. 파리행 비행기는 열시 오분에 떠나니까요."

"네, 그렇지만 내 트렁크들은 어떡하지요? 빨리 해결해주셨으면 합니다."

"정말 입장이 난처하군요, 블랭 부인."

그는 태연한 척하려고 손전등으로 자기 앞의 카운터를 비췄다가 껐다가 했다. 그런데 나는, 만약 그날 저녁에 정전이 되지 않았더라면…… 어둠은 만사를 더 쉽게 만들어주는 것이었다.

나는 프런트로 걸어가 블랭 부인 쪽으로 몸을 굽혔다.

"부인……"

그 여자가 몸을 돌렸다. 관리인이 고개를 들었다.

"실례를 용서해주십시오…… 하지만 부인께서 짐 때문에 걱정을 하고 계신 것 같아서……"

말이 그처럼 또록또록하게 내 입에서 흘러나오는 것에 나 자신도 놀랐다.

"제가 혹시 무슨 도움이라도 될 수 있을까 하여……"

여자는 카운터에 놓여 있던 손전등을 집어들고는 내 얼굴을 비췄다.

"아니 우리 서로 알지도 못하는 처진데……"

불빛 때문에 눈이 부셨지만 나는 눈을 크게 뜨려고 애를 썼다.

"저는 내일 아침 파리로 돌아갑니다…… 원하신다면 도와드릴 수 있습니다."

또다시 나는 나 자신의 단호한 어조에 놀랐다. 마치 나 아닌 다른 사람이 하는 말 같았다.

"내 짐을 파리까지 가지고 가주시겠다고요?" 블랭 부인이 부드러운 목소리로 말했다.

"그렇습니다, 부인."

"트렁크가 최소한 열 개는 되는데요……"

그녀는 우리 두 사람이 다 비춰지도록 카운터 위에 손전등을 똑바로 세워놓았다.

"열 개나 되는 트렁크를 어떻게 가지고 갈 생각이세요? 기차로 가시나요?"

"네. 밤 기차로요."

"트렁크를 쌓아놓도록 기차 칸 하나를 여분으로 더 예약할 수는 있습니다. 타실 기차가 몇시 차지요, 선생님?"

"내일 저녁 여섯시입니다."

관리인은 종이에다 적었다.

"몇 등 차지요?"

"이등칸입니다."

"일등칸을 타시는 게 더 나을 겁니다, 선생님. 블랭 부인의 짐을 위해서라면 일등석 기차 칸 하나를 사는 게 더 편할 거예요."

"좋을 대로 하시죠."

나는 블랭 부인을 위해서라면 뭐든 할 준비가 되어 있었다.

"그럼, 짐을 파리에 있는 우리집으로 갖다주시겠어요?"

"그럼요…… 간단한 일인걸요……"

"저이를 믿어도 될 것 같아요, 장?"

관리인은 냉정한 눈길로 나를 바라보았다. 그는 아무 대답도 하지 않았다.

"내 생각엔 이 사람을 믿어도 될 것 같아요."

그녀는 담배를 한 대 입에 물었다. 나는 주머니를 뒤져 다행히 흔히들 '크리케'라고 부르는 싸구려 라이터를 찾아냈다. 그녀는 담뱃불을 붙이려고 내게 다가왔다. 그녀의 어깨가 내 몸에 스쳤다. 그리고 그녀의 향수 냄새가 느껴졌다.

"어쨌건 위험을 감수해야죠."

"저한테 맡기시면 아무 위험 없을 겁니다……"

그녀가 생각을 바꾸어버릴까봐 덜컥 겁이 났다.

"학생이신가요?"

"아뇨."

"저 사람 좀 이상하게 보이지 않아요?"

"이상해요? 왜요?"

관리인은 호의라고는 조금도 없는 표정으로 나를 가만히 쳐다보았다.

"택시가 왔습니다, 부인."

여자를 따라나설 채비를 하는 그에게 그녀는 손을 저으며 말했다.

"아뇨…… 나올 것 없어요…… 이분이 같이 가주실 테니까요…… 잘 있어요, 장……"

"안녕히 가세요, 부인…… 짐 문제는 걱정하지 마세요…… 제가 이분과 상의해서 다 처리하겠습니다."

블랭 부인과 나는 호텔에서 나왔다. 아직 밤이 되지 않았고 눈은 더이상 오지 않았다. 택시는 디젤 모터 소리를 내면서 우리를 기다리고 있었다.

"다시는 여길 오지 말아야겠어요." 속내를 털어놓듯 그녀가 내게 말했다. "이 산장에 오면 기분만 상한다니까요."

"어떤 산장 말이신가요?"

"내 산장 말이에요."

호텔에서 길까지 발이 푹푹 빠질 정도로 눈이 덮여 있었기 때문에 그녀는 내 팔을 잡았다.

그녀는 택시 운전사에게 연필과 종이 한 장을 달라고 했다.

"파리의 내 주소와 전화번호를 드리겠어요. 짐을 가지고 도착하면 전화를 하세요…… 나는 오늘 저녁이면 파리에 가 있을 테니까요…… 이름이 어떻게 돼요?"

"장 데케르예요. K가 둘이지요……"

그 여자는 종이를 둘로 찢어가지고 한쪽에 내 이름을 적었다. 내가 그녀에게 어떤 흥미, 혹은 호기심을 자아내는지, 아니 어쩌면 내가 누군가와 닮은 것 같아 보이는지 그녀의 맑은 두 눈이 내게 와 머물렀다.

그녀는 택시 유리창 너머로 여전히 내게 미소를 지어 보였다. 나는 자동차가 첫번째 모퉁이를 돌아 시야에서 완전히 사라질 때까지 눈을 뗄 수 없었다. 그러고 나서 마치 꿈을 꾸고 있는 듯한 느낌 속에서 종이를 펼쳐보았다. 흰 종이에 검은 글씨로 이렇게 쓰여 있었다. '카르멘 블랭. 알베르 1세 산책로 42번지. 트로

카데로 국 15-28번.'

호텔의 홀에 전기가 다시 들어왔다. 손전등은 여전히 카운터 위에 똑바로 놓여 있었다. 관리인이 그만 깜빡 잊고 손전등을 끄지 않은 모양이다.

"그래 블랭 부인과 얘기가 잘되었나요?"

"네…… 네…… 잘되었어요……"

"난처한 문제를 해결해주셨어요…… 부인은 이따금 아주 곤란한 일을 해달라고 하거든요……"

"부인을 오래전부터 아셨나요?"

"아주 오래전부터지요. 남편 되시는 분의 호텔에서 일해온 지 이십 년이랍니다."

"그분, 틀림없이 뤼시앵 블랭 씨의 부인이죠?"

"그렇습니다. 그분 말고 또 어떤 분의 부인이시겠어요, 선생님?"

"미안합니다. 블랭 씨는 내가 열 살 때 사망했으니까 나야 그분을 알 까닭이 없지요."

"물론 그렇지요, 선생님…… 물론이에요. 힐난하려던 것은 아니랍니다…… 선생님은 몹시 젊은 분이시니……"

"그가 경마장을 하나 가지고 있는 것으로 알고 있는데……?"

"초록 기수복, 흰색 기수모……"

나는 이것을 꼭 마음에 담아두겠다고 결심했다. 초록 기수복, 흰색 기수모. 이제부터 내 마음속에 이 두 가지 색깔은 카르멘 블랭의 금발과 더불어 영원히 남아 있을 것이다.

그가 내게로 몸을 수그리며 말했다.

"나는 바라빌에서 블랭 씨를 위해 일했지요…… 소년 마부였어요…… 보시다시피 엊그제 일은 아니지요…… 나는 블랭 씨가 부인과 결혼하기 전부터 그를 알았어요……"

그는 좌우로 흘금흘금 눈길을 던졌다. 아마도 누군가 자기 말을 듣지나 않는지 걱정스러운 모양이었다.

"부인을 몹시 좋아하지요, 몹시요." 그는 나직한 목소리로 내게 말했다. "다만 블랭 씨가 죽고 난 뒤부터 부인께서는 나 몰라라 하고 모두 다 방치해두고만 있으니…… 물론 그녀 잘못은 아니지요…… 경마장을 직접 돌볼 수는 없었을 거예요…… 사실 그 밖의 다른 것들도 마찬가지지만요…… 바라빌이 이젠 없어져버리고 내가 여기 산 구석에 와서 호텔 관리인 노릇을 하고 있는 걸 생각하면…… 그렇다고 부인을 원망하는 건 아녜요……"

주름진 그의 피부가 격정과 치미는 분노로 붉은 벽돌 색으로 변했다. 그의 마음속에 너무 고통스러운 추억을 불러일으키게 될까봐 나는 더이상 아무것도 물어볼 수가 없었다. 그는 몸을 추스르더니 크게 숨을 들이쉬었다.

"그럼 나는 이제 블랭 부인의 트렁크들을 실을 기차 칸 하나하고 선생님을 위한 침대 좌석 하나를 예약해야겠지요? 내일 저녁 기차 편으로…… 그럼 되는 거지요, 선생님?"

"네…… 다만…… 내겐 돈이 충분치가 않아서……"

"걱정 마십시오, 선생님…… 블랭 부인이 책임질 겁니다."

그는 갑자기 분명한 목소리와, 자신의 직분에 어울리게 약간 거리감이 느껴지는 예절 바른 태도로 되돌아갔다.

차 한 대가 호텔 현관에서 멈췄다. 녹색 덮개가 달린 짐차였다. 운전사는 차의 발판에 걸터앉아 기다리고 있었다.

"뤼시앵 블랭 산장의 짐을 모두 다 실었어?" 관리인이 물었다.

"확인해보라고, 확인해봐." 스키 강사 출신 같은 곱슬머리 금발 운전사가 말했다.

관리인이 주머니에서 서류 한 장을 꺼냈다. 그러고는 내 쪽으로 돌아섰다.

"부인이 오늘 오후에 전화를 걸어서 짐 전체 목록을 알려줬어요…… 우선 산장의 트렁크들부터 보지요……"

그는 손전등으로 차 내부를 비추었다.

"장롱식 트렁크 하나…… 갈색 가죽으로 된 여행가방 하나…… 악어가죽 가방 두 개…… 옅은 베이지색 가방 네 개…… 모자통 하나……"

그는 목록에서 차례로 하나씩 확인해나갔다.

"그리고 거기에다가 여기다 남겨놓은 천가방, 가죽가방 모두 네 개……"

프런트 앞에 한데 모아놓은 가방을 관리인과 운전사와 내가 차에 실었다.

관리인이 내게 봉투 하나를 내밀었다.

"기차표입니다……"

나는 운전사 옆자리에 올라앉았다. 관리인이 발판에 올라섰다.

"생제르베역에서 선생님 혼자 어떻게 해내실 수 있을지 모르겠네요…… 짐꾼도 없는데…… 앙리, 네가 좀 도와드려라."

"봐서." 운전사는 건성으로 말했다.

"안녕히 가세요. 블랭 부인에게 인사 전해주세요." 관리인이 말했다.

이윽고 운전사가 시동을 걸었다. 그는 한 손으로 핸들을 잡고 다른 한 손으로는 내게 담뱃갑을 내밀었다.

"그 부인은 항상 이렇게 짐을 많이 가지고 여행하나요?"

"모르겠어요."

모르고말고. 나는 아무것도 아는 게 없었다. 그 산길 위로 나는 미지의 세계를 향해 가고 있었던 것이다.

기차는 역에서 십여 분간 정차했다. 인적이 없는 플랫폼, 문이 반쯤 열려 있는 대합실의 노란 불빛이 한 장의 사진처럼 지금도 눈에 선하다. 그리고 좀더 저쪽에는 수레 위에 올라앉아 있는 짐꾼과 운전사 두 사람의 그림자. 그들은 담배를 피운다. 기차 칸의 창문을 내리자 중얼거리는 그들의 목소리가 들린다.

잠시 후 기차가 천천히 움직이기 시작한다. 해는 아직 지지 않았다. 나는 풍경을 물끄러미 바라본다. 산, 제재소, 계곡의 급류, 산장 그리고 벌써부터 풀과 바위가 드러나 보이는 하얀 평원. 나는 이곳에서 중학교를 다니며 청소년기의 여러 해를 보냈었다. 그래서 오트사부아 지방을 떠날 때마다 잠시 가슴이 저며오는 듯한 느낌이 들었다. 살랑슈. 클뤼즈. 엑스레뱅. 호수와 버려진 낡은 나룻배. 그런데 바로 그 오트사부아에서 나는 뤼시앵 블랭 부인을 이제 막 알게 된 것이다. 복도에는 아무도 없다. 객차 전체가 텅 비어 있다. 내가 이 기차의 단 하나밖에 없는 승객이다. 도대체 이 기차는 어떤 운명을 향해 나를 싣고 가는 것일까.

그때 나는 기차 칸의 미닫이 출입문을 내 등뒤로 닫는다. 머리를 들고 야간용 등불 아래로 카르멘의 트렁크를 하나씩 하나씩 훑어본다.

나는 잠을 많이 자지 못했다. 기차는 교외의 처음 몇 개 역을 질풍처럼 지나쳐갔다. 그러나 조금도 피로한 느낌이 들지 않았다. 빌뇌브생조르주. 메종알포르. 파리의 리옹역에 도착하자 나는 내 인생이 새로운 길로 접어들려고 한다는 생각을 하면서 시계를 보았다. 아침 일곱시 이십오분이었다.

나는 짐꾼 두 사람을 소리쳐 불렀다. 그들은 장롱식 트렁크 때문에 몹시 애를 먹었다.

"택시 정거장으로 가지고 갈까요?"

"네…… 택시 정거장으로요." 나는 자신 없는 어조로 말했다.

그들은 나란히 서서 수레를 밀고 갔고 나는 그들 뒤에서 그들과 똑같이 엄숙한 걸음걸이로 따라갔다. 주머니 속을 뒤져서 30프랑 270상팀을 모았다. 어제 기차가 생제르베를 떠나는 순간 나는 지갑을 잃어버렸다는 사실을 뒤늦게 깨달았다.

그들은 택시 정거장에 이르자 짐을 보도 위에 쌓아놓으려 했다.

"미안하지만요…… 짐을 어디 좀더 한적한 곳에 갖다놓을 수 없을까요?" 나는 더듬더듬 말했다.

그러자 그들은 다시 역사를 따라서 수레를 밀고 가더니 '푸른 기차'라는 식당 입구에 이르러 블랭 부인의 트렁크 하나로 식당의 여닫이 출입문을 고정시켰다. 그러고는 두 사람이 함께 식당으로 올라가는 층계 밑에 트렁크들을 내려놓았다. 그들에게 요금을 지불하고 나서 혼자 남은 나는 그들이 땅바닥에 눕혀놓은 대형 트렁크 위에 올라앉았다.

이제 내 주머니에는 3프랑 75상팀밖에 없었다. 지하철로 이 짐들을 다 나르는 건 불가능했다. 나는 아무도 없는 식당을 가로질러갔다. 안쪽의 바에는 흰 상의를 입은 바텐더가 첫 손님을 기다리고 있었다. 그에게서 전화 토큰을 산 나는 전화부스에 들어가서 상의 안주머니를 뒤적여 뤼시앵 블랭 부인의 전화번호를 찾았다.

나는 두근거리는 가슴을 안고 트로카데로 국 15-28번을 돌렸다. 남자 목소리가 흘러나왔다.

"블랭 부인을 좀 바꿔주시겠어요?"

"부인은 주무십니다."

잠시 동안의 침묵. 남자는 드디어 내게 물었다.

"누구시라고 전할까요?"

"블랭 부인의 트렁크 때문에 그러는데요."

"부인의 트렁크라고요?"

남자의 목소리가 한결 부드러워졌다.

"네…… 부인의 트렁크를…… 그걸 부인 댁으로 어떻게 가져가면 좋을지 몰라서요…… 제겐 자동차도 없고…… 지금 리옹역에 있습니다만……"

"리옹역에 계세요?"

"네. 블랭 부인께서 스키장에서 제게 부탁하신 가방 여남은 개하고 대형 트렁크 하나를 가지고 왔습니다."

"그런데…… 부인을 깨울 수가 없는데요……"

"그럼 어떻게 하죠?"

"여보세요, 그럼 차 두 대를 보내드릴게요. 즉시요. 차 두 대를요…… 리옹역이라고 했지요?"

"네. '푸른 기차' 식당 앞입니다."

커다란 검은색 임대 차량 두 대가 도착했다. 자동차는 앞서거니 뒤서거니 차례로 와 멈췄고 그 안에서 베이지색 제복을 입은 운전사들이 동시에 내렸다.

나는 그들이 짐을 싣는 걸 도왔다. 그들은 차 뒤쪽 2인석 하나를 접고 대형 트렁크를 밀어넣었다. 나는 전혀 힘들이지 않고 트

링크들을 자유자재로 들어 옮기는 그들을 보고 감탄했다.

나는 앞차의 운전사 옆자리에 올라탔다. 그는 천천히 시동을 걸었고 다른 한 대가 몇 미터 간격을 두고 뒤를 따라왔다. 앞유리창에 부착된 표지판에는 '프랑스 운전회사'라고 쓰여 있었다.

디드로대로. 오스테를리츠 다리. 아침 아홉시였다. 나는 차창을 내렸다. 나뭇잎과 먼지 냄새가 섞인 한줄기 부드러운 공기가 차 안으로 밀려들어왔다.

운전사는 한쪽 손으로 핸들을 잡은 채 나른한 움직임으로 운전을 하고 있었다. 또다른 운전사가 어찌나 바싹 따라오는지 두 차의 범퍼가 몇 번이나 서로 맞닿곤 했다.

우리는 강변도로를 타고 파리 식물원의 철책을 따라 달렸다. 몇백 미터를 달리자 안쪽으로 우뚝 솟아 있는 발 드 그라스 병원의 돔이 보였다. 그해 가을 나는 그 병원에 석 달 동안이나 입원해 있다가 병역의무에서 영원히 해방되었다. 칠 년 동안의 중고등학교 생활. 6개월간의 병영, 그리고 발 드 그라스에서 석 달. 이제 결코 아무도 나를 어딘가에 가두어놓지 못할 것이다. 아무도. 나는 비로소 인생을 시작하고 있는 것이다. 나는 차창을 완전히 내리고 창턱에 팔꿈치를 괴었다. 강둑을 따라 늘어선 플라타너스들은 벌써 푸른빛을 띠었다. 우리는 우거진 나무 아치를 통과하고 있었다.

교통 흐름은 막힘이 없었고, 차는 엔진소리도 없이 부드럽게 도로를 달렸다. 라디오가 나직하게 켜져 있었는데, 콩코르드 다리에 이르렀을 때 오케스트라가 〈포르투갈의 4월〉을 연주하는 소리가 들렸던 기억이 난다. 나는 그 곡조를 휘파람으로 따라 부르고 싶었다. 따사로운 봄의 햇살 속에서 파리는 내가 처음으로 발 디뎌보는 새로운 도시 같았다. 앵발리드를 지나 오르세 항구는 그날 아침따라 휴가철 지중해 같은 매력을 풍겼다. 그렇다, 우리는 라크루아제트나 레장글레 산책로*를 달리고 있었다.

우리는 알마 다리를 건넜다. 다른 차 한 대는 바로 옆에서 달리고 있었다. 두 운전사는 서로 눈짓을 했다. 그러고 나서 장구종가로 접어들더니 그 길 초입에서 인도 위에 앞뒤로 차를 세웠다. 우리 세 사람은 차에서 내렸다. 두 대의 검은 리무진 자동차 문이 옛날 갱영화에서처럼 쾅 하고 동시에 닫혔다. 흰 셔츠와 남색 바지를 입은 남자가 밝은 빛깔의 목재로 된 쌍여닫이 현관문 앞에 서 있었다. 마차가 드나드는 대문이라기보다는 아파트의 출입문 같아 보이는 문이었다. 그 남자는 키가 자그마했고 퇴역한 기수 같은 거동이었다.

"짐은 빠짐없이 다 가져왔겠지요?"

* 각각 칸과 니스의 해변대로.

그의 단호한 어조에 나는 좀 놀랐다. 우리에게는 전혀 관심이 없었다. 오직 트렁크만이 그의 관심사였다.

"짐은 빠짐없이 다 가져왔어요. 빠짐없이요. 확인했습니다." 내가 말했다.

이렇게 성실하게 대답하자 그의 얼굴이 나를 향한 미소로 밝아졌다. 아마도 그는 내 나이가 어려서 맡은 일을 아무렇게나 처리했으리라고 짐작한 모양이었다.

그는 여닫이 출입문을 활짝 열어젖혔다. 바둑무늬 타일이 넓게 깔린 입구가 나타났다.

"짐을 여기다 내려주세요."

두 운전사와 나는 짐을 하나씩 하나씩 날랐다. 그는 큰 가방부터 차례로 벽면에 가지런히 갖다놓아달라고 몇 번이고 거듭 부탁했다. 짐을 다 부려놓자 그가 주머니에서 낡은 밤색 가죽지갑을 꺼내 손가락에 침을 묻혀서 지폐를 세어본 다음 두 운전사에게 따로따로 요금을 지불했다.

이제 현관 중앙에는 그와 나 둘뿐이었다. 나는 감히 꼼짝하지도, 말 한마디 꺼내지도 못했다. 그는 줄지어 놓인 트렁크들을 훑어보았다. 아마도 그 숫자를 세어보는 모양이었다. 그러고 나서 고개를 들어 나를 쳐다봤다. 한참 동안 아무 말이 없더니 몸을 곧추세우고는 엄숙한 목소리로 알려주었다.

"부인께서는 주무시고 계세요."

그러고 나자 그의 몸에서 다소 긴장이 풀렸다. 그는 팔짱을 끼고 다시 한번 내게 미소를 지어 보였다. 이제는 조금 전의 그 사람이 아니었다. 그는 내게로 다가와 손가락 끝으로 내 어깨를 톡톡 두드렸다.

"부인을 위해 이런 일을 해주시다니 감사합니다…… 부인께서 당신 얘기를 하시더군요…… 당신을 만나보고 싶다고 말씀하셨지요……"

"정말로요?"

내가 뜻밖이라는 듯 되묻자 그는 좀 놀라는 눈치였다. 나는 운전사들이 현관을 나서는 순간에, 나도 그냥 가버리게 되고 말 거라는, 그리하여 이제 다시는 블랭 부인을 만날 기회가 영영 없을 거라는 생각을 했던 것이다.

"이리 오세요……"

우리는 조명 상태가 좋지 않은 좁다란 복도를 따라갔다. 그는 복도 끝에 있는 문을 열더니 내가 안으로 들어가도록 비켜섰다. 그 살롱에 들어서자 우선 군데군데 칠이 벗겨진 하늘색 나무벽과 작은 뜰 쪽으로 난 커다란 창문이 가장 먼저 눈에 들어왔다.

"여기서 기다리면 돼요……"

그는 내게 벽면에 붙여놓은 푸른색 비로드 소파를 손가락으로 가리켜 보였다. 나는 앉았다.

"마실 것 좀 드릴까요?"

"괜찮습니다, 고마워요."

"블랭 부인은 항상 늦게 일어나시지요." 그는 나를 미리 안심시키고 오래 기다리게 될 거라는 걸 알려주려는 듯 부드러운 목소리로 말했다. "정말 아무것도 안 들겠어요? 커피나 오렌지주스는 어때요?"

"아뇨, 괜찮아요."

"생각이 달라지면 여기를 눌러요."

그는 소파 오른쪽 벽에 붙은 황금빛 버튼을 가리켜 보였다.

"그럼 이따가 봐요. 느긋하게 기다리세요."

그는 우리가 들어왔던 문으로 다시 나갔다. 그의 뒤로 문이 천천히 닫혔다. 문이 벽에 어찌나 꼭 들어맞게 끼워져 있는지 벽과 거의 구별이 안 될 정도였다. 게다가 살롱 쪽으로는 문손잡이가 달려 있지 않았기 때문에 착시효과는 한층 더 완벽했다. 조금 전에 지나온 복도는 비밀 통로였을까? 뤼시앵 블랭 부인에게 물어봐야겠다.

나는 소파에 오랫동안 앉아 있었다. 내 왼쪽에는 중국식 병풍이 세워져 있었다. 나지막한 탁자와 벽난로 위에는 노랗고 흰 꽃다발. 시들어버린 꽃다발. 내 앞으로는 햇빛이 유리창을 무지갯빛으로 비추고 뜰에 있는 풀과 나무들이 그 무지갯빛 속에 가득 잠겨 있었다. 그리고 이 집과 죽 이어진 뜰은 뱃머리 같은 모양을 하고 있어서 언뜻 뱃전에 와 앉아 있는 듯한 착각이 들었다.

침묵은 무거웠다. 나는 자리에서 일어나 이중으로 된 창문 한쪽을 열었다. 바람이 가제로 된 커튼을 높이 쳐들어올렸다. 나는 밖으로 나갔다.

정원을 둘러싸고 있는 사람 키 높이의 검은 철책에 주황색 덱체어 하나가 기대어 놓여 있었다. 나는 그걸 작은 잔디밭 한가운데에 펼쳐놓고 앉았다. 해가 비치고 있었다. 철책에 와서 부딪히며 찰싹거리는 파도 소리처럼 자동차 지나다니는 소리가 나지막이 들려왔다. 나는 마음이 느긋해지는 기분이었다. 몸을 뒤로 젖혀 뒷목을 의자 끝에 기대었다. 봄날의 가벼운 구름이 푸른 하늘에 떠 있었다.

이윽고 나는 머리를 숙였다. 커다란 창문 세 개가 둥글게 돌출된 모습으로 에워싸고 있는 반원형 살롱이 내 앞에 있었다. 오른쪽에 보이는 다른 창문 두 개에는 안쪽 덧문이 닫혀 있었다. 뒤시앵 블랭 부인의 방일까? 부인이 자고 있는 방이 맞는지 확인해 보기 위해 덧문의 틈새로 들여다보고 싶은 생각이 들었다. 나는 다시 살롱으로 들어왔다. 나지막한 탁자 위에는 담배를 담는 상자와 이미 몇 가닥 뜯어 쓴 흔적이 있는, 뒷면에 식당 이름이 새겨진 종이 성냥이 놓여 있었다. 소파에 앉았다. 영국 담배가 목구멍에 아렸다. 담배 연기가 내 머리 위로 흩어지는 모습을 물끄러미 바라보았다. 햇살이 방안을 가득 채우고 있었는데 돌연 소나기가 오기 직전처럼 빛이 잦아들었다. 앉은 자리에서 하늘의 한 귀퉁이가 보였다. 침묵과, 너무나 대조적인 빛의 변화로 인해 나는 가벼운—아, 아주 가벼운—불안을 느꼈다.

정오가 가깝도록 나는 살롱에서 뜰로, 뜰에서 살롱으로 나갔다 들어왔다를 반복했지만 아무도 내 기다림의 고통을 풀어주러 오는 이는 없었다. 나는 여러 개의 문 중 하나를 열고 발끝으로 살금살금, 가능한 한 발걸음을 빨리하여 일렬로 늘어선 방들을 건너질러갔다. 몇 개의 방은 텅 비어 있었다. 또다른 방에는 천으로 덮인 가구만이 공간을 차지하고 있었다. 며칠 후에야, 나는 침실과 살롱을 제외하고는 아파트의 모든 방이 폐방 상태로 짐을 넣어두는 창고로 쓰이고 있다는 것을 알게 되었다. 거기에는 별의별 물건들이 다 있었다. 말안장, 마구, 샹들리에, 양탄자, 옛날에 뤼시앵 블랭이 샹티이와 앙티브곶에서부터 소유하고 있었던 가구들, 그리고 수집품과 동물 박제품이 있었다. 기린 박제는 옛날에 식당으로 쓰던 방 한가운데에 외롭게, 걸맞지 않게 서 있었다.

마침내 나는 바둑무늬 타일이 깔린 홀에 이르렀다. 트렁크는 여전히 큰 것부터 차례로 가지런히 놓인 채 그대로였다. 현관문을 여는 순간 어떤 손이 내 어깨를 누르는 것을 느꼈다. 나는 몸을 돌렸다. 처음에 운전사와 나를 맞아주었던 남자가 내게 미소를 지었다. 그러나 눈길에는 불안한 표정이 역력했다.

"그냥 가시려는 건 아니겠지요, 네?"

내가 눈치채지도 못한 사이에 그는 내 뒤를 따라오고 있었던 걸까? 나를 처음부터 지켜보고 있었을까? 그의 손이 내 어깨를 점점 더 거세게 압박해왔다.

"부인이 깰 때까지 기다려요."

그의 목소리에서 위협을 감지할 수 있었다. 그는 기수 같은 작고 사나운 얼굴을 내밀었다. 어린애 같은 얼굴, 그러나 세월과 더불어 미라처럼 딱딱하게 굳은 얼굴이었다.

"그냥 바람이나 좀 쐴까 했어요."

"정말로?"

"네…… 저…… 신문이나 한 부 살까 하고요……"

그는 내 어깨를 누르고 있던 손을 풀었다.

"그럼 너무 지체하지 말고 돌아와요. 부인은 예측할 수 없는 분이니까요. 금방이라도 깰지 몰라요."

거리로 나와 나는 숨을 한번 크게 들이쉬었다. 그 사람이 절대로 나를 놓아주지 않을 줄 알았던 것이다.

알마광장에 있는 카페의 해가 드는 테라스 좌석은 빈자리가 하나도 없었다. 내 기억이 확실하다면 밝은색 양복이나 하늘하늘한 천, 혹은 모슬린 천으로 만든 드레스를 하나같이 잘 차려입은 남자와 여자의 무리를 스쳐지나면서 나는 무작정 걸었다. 바람이 몽테뉴대로의 가로수 잎을 흔들고 있었다. 바닷가로 나 있는 산책로를 따라가고 있는 듯한 착각이 드는 세찬 바람이었다.

나는 느린 걸음으로 샹젤리제를 따라 올라갔다가 다시 내려왔다. 리도의 아케이드를 따라 서성거렸고 '신포니아'에도 들어가보았다. 나는 시간 가는 줄도 모른 채 몇 시간이고 걸었다. 아마도 동네의 골목골목을 모조리 다 훑으며 쏘다녔던 것 같다. 몇 번인가 소나기를 만났던 기억도 난다. 샹젤리제공원 안에 있는 '르 두아얭' 식당 근처에 있을 때 첫번째 소나기가 내렸다. 나는 얼른 낡은 정자 밑으로 들어가 잠시 비를 피할 수 있었다. 비아리츠 영화관쯤 걷고 있을 때 두번째 소나기가 내렸다. 그러다가 다시 젖은 인도 위로 햇빛이 반사되었다.

해가 뉘엿뉘엿 지기 시작하자 하늘은 다시 어둑해졌다. 롱푸앵의 나무 밑까지 왔을 때 비가 몇 방울 떨어지는가 싶었지만 나는 몽테뉴대로의 건물에 바싹 붙어서 계속 걸어갔다. 바람이 불었다. 대서양 바람이었다. 대로의 끝에 이르면 바다가 나타날 것만 같았다. 내 머리 위에는 갈매기떼가 날아다니고 있었다. 알마광장에 이르자 소나기가 맹렬하게 몰아쳐서 나는 카페 '프랑시스네'의 유리로 막아놓은 테라스에 있는 빈 테이블 하나를 찾아 앉았다. 보이가 주문을 받으러 왔다. 내게는 주머니에 돈이 한 푼도 없었다.

"사람을 기다리는데요."

따지고 보면 사람을 기다린다는 말도 틀린 말은 아니었다. 광장 건너편 조그만 뜰의 철책은 비를 맞아 번들거렸다. 이 시간이면 그녀는 분명 일어났을 것이다. 몇 발짝 걸어가서 초인종을 누르기만 하면 되는 일이었다. 그러나 나는 사람들이 주고받는 나직한 웅얼거림과 유리창이나 인도에 빗물이 반사되어 번쩍거리는 가운데 이 카페테라스에서 나의 인생이 잠시 동안만 정지되어 있기를 바랐다. 나는 밤이 내려 불이 켜지기를 기다렸다. 보이가 내게 다시 한번 다가오지 않았더라면 나는 그 탁자에 그렇게 오랫동안 넋을 잃고 앉아 있었을 것이다.

"여전히 누구를 기다리고 계신가요?"

그의 목소리에는 너무나도 역력히 비꼬는 말투가 섞여 있었으므로 나는 자리에서 일어났다. 이제 비는 더이상 내리지 않았다. 나는 가판대에서 걸음을 멈추고 신문을 샀다. 그 아파트에서 밖으로 나오려고 둘러댄 구실이 바로 신문이었으니까. 나는 거짓말을 한 꼴이 되고 싶지 않았다.

이상한 초인종소리였다. 아주 나지막한. 오르간소리의 길게 끄는 여운 같은. 남자는 이번에는 흰 상의, 검은 바지 그리고 흰 장갑 차림으로 나와서 문을 열어주었다. 선박 회사의 승무원이 선장의 식사 시중을 준비하고 있는 듯한 태도였다.

"부인께서는 여전히 주무시는데요."

그는 내가 다시 돌아온 것에 대해 안도감을 느끼는 듯했다. 내가 정말로 사라져버렸을까봐 걱정한 모양이었다.

"살롱에 가서 기다리시는 게 제일 좋을 것 같습니다."

다시 한번 더 그는 엄지와 검지로 내 어깨를 움켜쥐고 나를 출입문에서 멀어지도록 계속해서 떠밀었다.

"이쪽으로 오시죠…… 와요…… 이리 와요……"

그는 어떤 짓을 할지 예측하기 힘든, 길들여지지 않은 망아지를 다룰 때 기수가 쓰는 말투로 내게 말하고 있었다. 우리는 아까와 마찬가지로 좁은 복도를 따라갔고 살롱으로 들어가자 그는 똑같은 소파를 가리켜 보였다. 나는 처음과 똑같이 소파 왼쪽 끝에 가 앉았다. 이제부터 나의 삶은 세상이 끝날 때까지 부인이 잠 깨기를 기다리고 있는 꿈과 같은 것이 될 터이다. 그 기다림이란 몇 날 며칠이고 간에 종일토록 동네의 골목골목을 누비고 돌아다니다가 교대 시간에 맞춰 돌아오듯이 살롱으로 돌아와서 기수 같은 낯짝을 한 집사에게 변함없이 "부인은 주무시는데요"라는 말을 듣는 것이리라.

그는 내가 무릎 위에 올려놓은 신문을 손가락으로 가리켰다.

"읽을거리를 가져왔군요."

사내의 용의주도한 경계심에 마침내 나도 짜증이 나고 말았다.

"설명 좀 해주세요. 부인께서는 무슨 수면요법이라도 쓰고 계신가요?"

그는 잠시 말문이 막힌다는 듯 싸늘한 눈으로 나를 노려보았다.

"천만에요…… 부인께서는 원래 잠을 조금밖에 주무시지 않습니다. 그래서 보충할 필요가 있지요. 일단 잠을 주무시게 되면 하루종일 주무십니다."

"시곗바늘이 완전히 한 바퀴 돌도록요?"

아마도 그는 이거 갈수록 당돌하구나, 생각한 모양이었다. 복도로 통하는 문이 그의 등뒤로 쾅 하고 닫혔고 나는 또다시 혼자 남게 되었다. 신문을 뒤적거려보았지만 거기 실린 모든 기사들과 사진들은 내가 하늘색 나무벽으로 둘러싸인 이 살롱에 머물러 있는다면 점점 더 아득히 먼 곳으로만 여겨질 어떤 세상의 이야기였다. 도대체 무엇 때문에 내가 이곳에 잡혀 있어야 한단 말인가? 리옹역에서 두 운전사가 트렁크를 차에 실을 때 나는 파리의 거리로 사라져버렸어야 했는지도 모른다.

나는 신문을 발밑으로 떨어뜨렸다. 큰 창문 안쪽 덧문을 닫아놓았기 때문에 살롱은 아침나절보다도 더 고요했다. 핑크색 갓이 달린 램프가 내 왼쪽의 커다란 병풍에 부드러운 불빛을 던지고 있었고, 나는 한 마리 백조가 하염없이 미끄러지듯 떠가고 있는 그 병풍에서 눈을 떼지 못했다.

그가 내 어깨를 흔들었다. 내가 어디에 와 있는지 알 수가 없었다. 그러나 곧 나는 기수 같은 그의 얼굴과 흰 상의, 흰 장갑을 알아보았다. 살롱의 하늘색 나무벽도.

"부인께서 기다리고 계십니다."

나는 소파 등받이에 축 늘어진 채 기대앉아 있었다. 시계를 보았다. 저녁 열시 반이었다. 나 역시 잠이 들어버리고 말았던 것이다. 그가 내 팔을 잡고 일어서도록 부축해주었다. 그러고 나서 내 몸무게에 눌려 소파에 옴폭하게 들어가 있던 자국을 정확한 동작으로 살짝살짝 두드려서 폈다.

나는 한결같이, 거의 하얗게 보일 만큼 세찬 빛 속에 잠겨 있는—아니면 극도로 피곤했기 때문에 내가 그릇된 인상을 받은 것일까?—텅 빈 방들을 거쳐서 그의 뒤를 따라갔다. 그러다 말아놓은 양탄자에 걸려 넘어질 뻔했다. 그가 용케 나를 붙잡았다.

"온전한 상태가 아닌 것 같군요. 샤워라도 할 걸 그랬나요."

"샤워를요?"

"그래요. 내가 조금만 더 일찍 와서 깨웠더라면 샤워를 하실 시간이 있었을 텐데 말입니다."

그는 쌍으로 된 문짝 하나를 주먹으로 노크했다. 그러나 아무도 응답하지 않았다. 문 뒤쪽에서 음악소리가 들렸다. 그는 조심스럽게 문을 빠끔히 열었다.

"부인……"

응답이 없었다.

그는 문을 밀었다. 방안은 어두침침한 것 같았다. 다른 방들을 지나쳐오면서 세찬 불빛에 눈이 부셨던 것이다.

"부인께서 당신을 이리 데려오라고 하셨는데요…… 기다리면 될 거예요…… 부인은 아마 욕실에 계신 모양입니다……"

그는 나를 방 안쪽으로 이끌었다. 그리고 눈치챌 틈도 없이 물러나서 내 등뒤로 문을 닫았다.

음악은 둥근 대리석 탁자 위에 놓인 검은색 트랜지스터 라디오에서 흘러나오고 있었다. 나는 빠끔히 열린 창문들 틈으로 정원의 풀과 나무들 그리고 초승달이 빛나는 하늘을 알아볼 수 있었다.

나는 꽃 자수가 놓인 천으로 감싼 등 없는 의자에 앉았다. 주위를 둘러보았다. 안쪽에는 램프 하나가 베일에 가려진 노란빛으로 온 방을 감싸고 있었다. 침대 옆 작은 탁자 위에는 각종 약들과 신문, 책 따위가 어지럽게 흩어져 놓인 가운데 유리를 씌운 큰 양초가 타들어가며 온 방안에 용연향龍涎香을 가득 퍼뜨렸다. 닫집이 달린 넓은 침대 하나. 공기처럼 가볍고 천장이 둥근, 무슨 조가비나 엄청나게 큰 벌레같이 생긴 특이한 닫집이었다. 흐트러진 시트에 덮인 매트리스 하나가 침대 옆 땅바닥에 깔려 있었다.

"거기 있어요?"

방안 저 안쪽 반쯤 열린 문 뒤로 목소리가 들렸다.

"네, 부인."

"부인이라고 부르지 말아요. 기다리시게 해서 정말 미안해요."

"괜찮습니다."

"배고프시죠?"

"아뇨."

"아니, 그럴 거예요…… 사람들이 밤참을 가져다드릴 거예요."

그 여자는 내가 멀리서도 들을 수 있도록 억지로 목소리를 높였다. 그 바람에 가벼운, 거의 눈치채지 못할 만큼 가벼운 변두리 지역 악센트가 느껴졌다.

"이 음악 좋아하세요?"

색소폰의 길고 흐느끼는 멜로디였다. 좋아하고말고. 나는 그 곡을 알고 있었다. 마치 꿈속에서인 듯 긴장이 풀리고 느릿느릿한 그 곡은 〈포르투갈의 4월〉이었다.

그녀가 문간에 모습을 드러냈다. 맨발에, 풀어헤친 금발, 흰색 타월로 된 목욕 가운을 입고 있었다. 나는 자리에서 일어났다.

"아녜요…… 아녜요…… 그냥 앉아 있어요."

그녀는 내가 거기에 와 있는 것이 아주 당연하다고 여기는 눈치였다. 그녀는 머리맡 탁자 위에서 상자와 책 그리고 촛불을 옮겨놓더니 뜯어진 담뱃갑과 라이터를 집어들었다. 그리고 매트리스 위로 와서 앉았다.

"담배 피워요?"

"아뇨, 감사합니다."

그녀는 나를 뚫어지게 바라보았다. 그녀의 눈길이 내 두 손에 와서 머물렀다.

"내 짐 때문에 힘들지 않았어요?"

"천만에요."

"정말 친절하세요…… 이렇게 늦게야 뵙게 되어 죄송합니다…… 전 낮에 잠을 좀 자두려고 애를 써요…… 밤에는 잠을 깊이 못 자거든요…… 이 침대에서는 잠을 잘 수가 없어요…… 너무 높아서……"

나는 엄숙하게 머리를 끄덕였다. 닫집 달린 침대 발치의 매트리스에 앉아 있는 그녀를 보는 게 이상했다.

"시장하시겠어요. 곧 뭘 좀 갖다드릴 거예요……"

누가? 기수 얼굴을 한 사내가?

"아네요, 감사합니다만……그럴 필요 없어요……"

"아니, 그렇게 하세요. 꼭 뭘 좀 드셨으면 해요…… 저도 같이 좀 먹을게요…… 그 등 없는 의자는 불편하겠어요. 여기 앉으세요."

나는 매트리스 가장자리로 그녀의 곁에 가 앉았다.

"이상도 하지요…… 내가 처음 당신을 보았을 때 내 남편의 친구가 생각났어요…… 내가 아주 좋아했던 사람이지요…… 영국 사람인데…… 당신은 어쩌면 그의 아들이 아닐까요? 베르나르 파르메르라고 해요…… 혹시 베르나르 파르메르 씨의 아드님 아니세요?"

그 여자는 내 얼굴을 빤히 바라보았다. 그러나 돌연 그녀의 눈에 비친 것은 내가 아니라 베르나르 파르메르라는 것을 느낄 수 있었다.

"내가 남편을 처음 알게 되었을 무렵 그이는 파르메르 없이는 지낼 수 없었어요……"

그녀에게서 향수 냄새가 났다. 목욕 가운의 허리끈이 바싹 조여매여 있었다.

"스무 살 적에는 언제나 알고 지내는 사람들에게서 깊은 인상을 받는 법이지요…… 내 일생에서 가장 깊은 인상을 준 두 남자는 내 남편과 베르나르 파르메르였어요……"

"정말입니까?"

내가 너무 엄숙하고 홀린 듯한 표정을 짓고 있었던 모양이다. 그녀가 미소를 지었다.

"이런 이야기 따분할 거예요……"

"천만에요."

"내가 그 호텔의 홀에서 당신을 처음 보았을 때, 파르메르가 당신 나이였을 적에는 꼭 당신 같았을 거라는 생각을 했어요……"

그리고 다시 그녀의 눈길이 내 두 손에 와서 머물렀다.

남자는 둥근 탁자 위에 쟁반을 내려놓았다. 우리 두 사람이 매트리스 가장자리에 나란히 앉아 있는 것을 보고도 놀라는 눈치가 아니었다. 나는 그가 방안으로 들어오는 소리를 듣지 못했다. 어떻게 그는 전혀 아무런 소리도 내지 않고 걸어올 수 있었을까? 그는 부드럽고 밑창이 얇은 검은 신발을 신고 있었다. 그 실내화가 너무나도 가벼워서 땅바닥을 거의 스칠 듯 말 듯 지나가는 모양이었다.

"내일 몇시에 깨워드리면 좋을까요, 부인?"

"내일은 깨울 것 없어요."

"안녕히 계세요, 부인."

남자는 우리 앞에 똑바로 서 있었다. 검은색 실내화가 그의 상의와 장갑의 흰빛과 대조를 이루었다. 그리고 그는 군인같이 우아한 동작으로 뒷걸음질쳐서 반쯤 열려 있던 출입문으로 미끄러지듯 나가더니 문을 닫기 전에 우리에게—아니 어쩌면 블랭 부인에게만—머리를 까딱하고 인사했다.

식빵으로 만든 샌드위치. 토스트. 잼. 삶은 달걀. 과일 샐러드. 오렌지주스 두 잔.

"정식으로 식사하실 걸 그랬나요?"

"아닙니다. 천만에요……"

그녀는 과일 샐러드를 들었다. 작게 몇 숟가락. 그리고 오렌지주스를 한 모금 마셨다.

"나는 갈수록 조금밖에 먹지 않아요."

나는 그녀 앞에서 샌드위치를 깨물어 먹기가 부끄러웠다.

"그리고 잠들기도 점점 더 어려워지고요…… 당신은요? 잠을 잘 자나요?"

그 질문 속에는 열렬한 호기심이 깃들어 있었다.

"오, 그럼요…… 아주 잘……"

"샌드위치도 다 드시고 과일 샐러드도 다 드시는 거지요?"

"네."

"나도 당신만한 나이 때는 뭐든 다 먹고 방바닥에 누워서도 열 시간씩이나 잤어요."

그 여자는 나이가 얼마쯤 되었을까? 로크루아의 서류에서 그녀의 생년월일을 발견한 지금, 나는 얼른 계산을 해본다. 서른아홉 살이었다. 그러나 내게는 더 젊어 보였다.

"손으로 집어 드세요……"

나는 포크로 과일 샐러드를 먹고 싶었지만 아무리 보아도 그 여자는 내 손에 매우 강한 흥미를 느끼는 눈치였다. 그 여자는 왜 내 손을 그토록 집요하게 관찰하는 것일까? 아마 내 손톱이 더럽다고 생각하는 것이겠지. 그렇다, 나는 더러웠다. 벌써 이틀째나 씻지도 않았고 면도도 못했고 머리도 매만지지 못했다. 기차에서 밤을 지새운 것이었다.

"죄송합니다. 거지 같은 몰골이 돼서……"

"원하신다면 목욕을 해도 돼요…… 당신이 쓸 목욕 가운과 실내용 가운도 있어요…… 어디 손 좀 보여주세요……"

나는 얼굴을 붉혔다. 그러나 용기를 내어 그녀의 두 눈을 똑바로 쳐다보았다.

"제 손은 왜요?"

그녀는 내게 다가와 왼쪽 손을 잡았다. 그리고 손을 뒤집었다.

"당신 손은 베르나르 파르메르의 손하고 아주 똑같아요…… 아무리 보아도 당신은 베르나르 파르메르의 아들인 것 같아요……"

그녀의 얼굴이 내 얼굴 바로 옆에 다가와 있었다. 그녀의 입술이 내 관자놀이를 스쳤다.

"당신은 그이 아들이죠, 네?"

"그래서 당신 마음이 흡족하시다면."

촛불이 벽에 삼각돛 모양 그림자를 비추고 있었다. 여자는 트랜지스터 라디오를 틀었고 잠시 후 치터로 연주하는 매우 느린 멜로디에 주파수를 맞추는 데 성공했다. 그녀는 라디오를 땅바닥에 내려놓았다.

"이 음악 좋아?"

"응."

"난 항상 잠을 이루기 위해 이 음악을 들어."

치터 소리는 나직한 폭포 소리인지 아니면 어떤 신비스러운 속삭임인지 그 소리에 가려져서 점점 멀어졌다가 다시 되살아났고 또다시 바람에 실려가듯 가늘어졌다.

그녀는 내 어깨에 기대어 잠이 들었다. 나 역시 차츰차츰 잠 속으로 빠져들어갔다. 그러나 나는 여전히 눈을 뜬 채로 그녀의 가벼운 숨소리에 귀를 기울이고 있었다. 내가 꿈을 꾸고 있는 것이 아님을 확신하기 위하여 그녀의 머리털에 내 뺨을 갖다댔다. 촛불은 여전히 타고 있었고 나는 그걸 꺼야 할지 말아야 할지 생각해보았다. 창문을 통해서 파리의 나직한 웅얼거림이 바람에 실려 내가 있는 곳까지 밀려왔다. 밖에, 저 뜰의 철책 뒤에는 알마광장, 그리고 내가 오후 줄곧 정처 없이 걸어다니다 앉아 있었던 카페테라스. 나는 이 도시와 나를 혼동하기 시작했다. 나는 저 나뭇잎이었고 빗물로 번들거리는 도로에 비친 그림자였고 웅성대는 목소리였으며 거리의 저 수십 수백만 개의 먼지들 중 하나였다.

그녀가 첫날 저녁에 나와 닮았다고 말했던 베르나르 파르메르에 대해 알지도 못하면서 나는 그에게 호감을 느꼈다. 나는 그 사람 덕분에 카르멘의 관심을 끌게 된 것이었다. 나중에 그녀의 방에 있는 서랍장과 거실의 간이 책상 서랍 속에 잠자고 있던 수백 수십 장의 먼지 앉은 사진들 속에서 나는 그의 사진을 몇 장 찾아냈다. 그 사진들을 확대경으로 자세히 들여다보았지만 파르메르라는 사람과 나 사이에 닮은 구석이라고는 아무것도 없었다. 그는 아주 눈이 맑은 금발의 남자였다. 그의 두 손은 거의 알아보기 어려웠다.

도대체 어떤 점이 닮아 보이느냐고 카르멘에게 물어보았다. 그러나 그녀는 사진을 쳐다보려고 하지 않았다.

"그이가 당신을 닮았다니까 그래……"

반박의 여지가 없는 어조였다. 그녀의 주변에 있던 인물 가운데서 그녀보다 먼저 파르메르를 알고 있었던 사람은 로크루아뿐이었다—왜냐하면 로크루아와 뤼시앵 블랭의 우정이 시작된 것은 블랭이 카르멘과 결혼한 시기보다 더 이전으로 거슬러올라가니까. 그는 파르메르와 내가 정말 닮았는지 알 수 있을까? 내 질문에 그는 잠시 망설였다.

"그 여자가 그렇게 말하던가요?"

"네."

"외형적으로 그 사람은 당신과 전혀 닮은 데가 없어요. 하지만 그 여자가 하는 말의 뜻은 알겠어요……"

로크루아, 기타 그리고 나는 거실에서 카르멘을 기다리고 있었다. 5월 저녁 여덟시, 카르멘은 아직도 잠자리에서 일어나지 않았다.

"당신이 그 여자에게 파르메르를 상기시켰다면, 그건…… 그건 분위기 때문이에요. 아시겠지요……"

나는 전혀 알 수가 없었다.

"그 여자는 열아홉 살 때 파르메르를 알게 되었어요…… 그 여자에겐 그 사람이 첫 남자였지요…… 그녀한테 뤼시앵 블랭을 소개해준 사람도 바로 파르메르예요……"

그는 가까이 몸을 굽히고 보다 더 나지막한 목소리로 말했다.

"나도 모를 일이긴 하지만…… 당신은 아마 그 여자한테 젊은 시절을 생각나게 하는 모양이에요. 그래서 당신을 통해 파르메르를 연상하는 거지요…… 그래요…… 이유는 아주 간단해요……"

그러고 나서 그는 장의자에 앉아 있는 기타 쪽으로 고개를 돌렸다.

"안 그래, 지프?"

말끝마다 심심치 않게 습관처럼 내뱉는 그 '안 그래, 지프?' 소리를 그는 마치 둘째손가락으로 담뱃재를 떨어내듯이 스스럼없이 기계적으로 발음하곤 했다.

오늘 저녁에는 로크루아의 아파트 안이 어찌나 후덥지근한지 땀방울들이 내 턱에서 커다란 무선 편지지 위로 뚝뚝 떨어진다. 어떤 때는 땀방울이 낱말을 적은 푸른 잉크와 한데 섞여버려서 나는 내 땀으로 글을 쓰는 셈이 된다. 그 시절로부터 이십 년의 세월이 흘렀지만 로크루아의 목소리는 아직도 내 귓전에 맴돈다. '그 사람이 첫 남자였지요.' 그리고 그 파르메르라는 사람이 오늘 저녁 나에게 사진 속 어렴풋한 얼굴과 관련된 추억 이상의 그 무엇이었으면 싶다. 따지고 보면 나는 그의 아들인 것이다.

나는 타이프 친 로크루아의 서류와 푸른색 가죽으로 장정된 그의 낡은 수첩을 들춰본다. 일명 '미셸'이라고도 하는 베르나르 랄프 파르메르, 퐁프가 179번지 거주. 도피중. 푸앵카레 국 15-29번.

나는 기타가 시킨 대로 아파트의 등을 모두 다 켜놓는다. 밖으로 나가서 똑바로 걸어간다. 오스만대로. 프리들란드대로. 빅토르위고대로. 밤은 여전히 무덥고 파리 역시 텅 비어 있다. 그리고 나는 파르메르가 이미 오래전 세상을 떠났다는 사실을 알고 있다. 로크루아가 파르메르에 관해 몇 가지 사실을 말해준 터였다. 그는 아편을 피웠으며 외투를 입으면 외관이 둔해 보인다고 해서 외투를 입지 않고 거리를 나다니곤 했다. 그는 카르멘보다 열 살 정도 위였는데 뤼시앵 블랭이 항상 달고 다니던 각양각색의 친구들 패거리 중 한 사람이었다.

에투알광장에 가까워갈수록 튈르리공원 근방의 관광버스가 다시 눈에 띄었다. 꽃무늬 셔츠를 똑같이 입은 남자들, 역시 오렌지색이나 초록색 원피스를 똑같이 맞춰 입은 여자들이 관광버스에서 내린다. 파리에는 아직도 파르메르 이야기를 함께 나눌 수 있는 상대가 있기나 할까? 아니면 카르멘에 대하여? 빅토르위고대로에는 인적이 없다. 건물의 전면 유리창을 통해 간간이 불빛이 비치고 있지만 지금 기타의 아파트에서처럼 샹들리에나 램프로 사람 없는 아파트를 밝혀주고 있는 것이다.

돔가의 모퉁이에 있는 '뒤 부아 호텔'의 활짝 열린 창문 어딘가에서 라디오의 음악소리가 흘러나온다. 음악소리가 침묵과 더위 속에서 어찌나 크게 울리는지 백 미터나 떨어진 내 귀에도 여전히 들린다. 나는 그 귀에 익은 이탈리아 음악의 곡조를 알아들었다. 그 곡을 너무나도 좋아했던 조르주 마요는 울적해지는 시간과 중독 치료를 하는 동안에 끊임없이 그 곡을 들었던 것이다. 아니 어쩌면 그 음악은 오직 내 머릿속에서만 울리고 있었는지도 모른다.

빅토르위고광장을 한 바퀴 돈 나는 소맷자락으로 이마의 땀을 닦는다. 송테가, 퐁프가 179번지. 그러니까 파르메르는 바로 여기에 살았었군…… 나는 건물 전면을 바라본다. 맨 꼭대기 층의 어느 집? 그는 카르멘을 기다리고 있었다. 푸앵카레 국 15-29번. 잠시 후 나는 있지도 않은 번호를 돌리고서 수화기를 귀에다 꾹 눌러대고 기다려보리라. 그러나 지금 나는 다시 빅토르위고광장에 와 있다. 푸른색과 노란색이 칠해진 버스가 와서 멈추더니 사진기를 어깨에 둘러멘 일본 사람들을 쏟아놓는다. 빽빽하게 무리를 이룬 그들은 한동안 엄숙하니 꼼짝도 않은 채 서 있다. 그러다가 그중 한 사람이 열 밖으로 나와 두 팔에 둥근 화환을 받쳐든 채 광장을 건너가서 눈에 보이지 않는 위령탑에 그 화환을 바치기라도 한다면? 그리고 내가 광장 저쪽편에 뚫려 있는 레몽푸앵카레대로를 따라 걷는다면? 나는 오른편 인도를 따라 똑바로 걸어가야 할 테고 마침내 3번지에서 걸음을 멈추게 될 것이다. '말라코프 호텔.' 그렇다. 순례의 길을 더듬어가야 한다. 지금으로부터 이십 년 전, 푸케의 살인 사건 이후 내가 파리에서의 마지막 밤을 보낸 것은 바로 그 '말라코프 호텔'에서였다.

일본 사람들은 카페 '스코사'의 테이블에 가 앉는다. 그들의 소곤거리는 소리와 분수대의 물소리가 어렴풋이 들려온다. 나는 우비도 입지 않고 유월의 미지근한 비를 맞으며 길모퉁이를 돌아가는 파르메르의 모습을 상상해보려고 애쓴다. 열아홉 살 먹은 카르멘은 통행금지 시간에 지하철 출구를 걸어나와 그 남자를 만나러 간다. 건물의 전면, 보도, 분수 모두가 그대로다. 그 시절 파리에도 오늘처럼 찌는 듯한 여름날이 틀림없이 있었을 것이다. 아무리 마음속으로 되뇌어보지만, 나는 우리의 것이라곤 아무것도 남아 있지 않은 이 무심한 도시에 오늘밤 왜 나 혼자만 다시 찾아오게 되었는지 도무지 알 수가 없다.

그러나 그때에도 이미, 로크루아가 '뤼시앵 블랭의 시절'이라고 불렀던 일을 떠오르게 하는 것은 하나도 남아 있지 않았다. 그는 입만 열면 같은 말을 되뇌는 것이었다. "뤼시앵 같았으면 질색했을 거야. 안 그래, 지프?" "뤼시앵이 있었더라면 억세게 웃어댔을 거야." 때로는 은근히 나무라는 듯한 어조로 카르멘에게 이렇게 말하기도 했다. "뤼시앵이 정말로 찬성했을 만한 일이라고 생각해요?" 혹은 "당신이 이러는 걸 뤼시앵이 봤더라면 정말 서운해했을 거예요……" 카르멘은 대꾸도 하지 않았다. 그녀는 고개를 떨구었다. 나는 살롱의 작은 탁자 위 암홍색 가죽 액자 속의 커다란 사진을 바라보지 않을 수 없었다. 『그들은 어떻게 재산을 모았는가?』라는 귀트리 슈빌의 책 어느 한 장章에 실려 있던 바로 그 사진, 뤼시앵 블랭, 카르멘 그리고 기수가 같이 찍은 그 사진이었다.

뤼시앵 블랭의 '패거리'에 속했던 이들 중에서 남은 사람은 로크루아와 조르주 마요뿐이었다. 카르멘은 그 모든 사람들을 거의 다 기억하고 있었다. 그러나 세월이 흘러감에 따라 만화경 속의 형상들이 변모하듯이 그 안에서 모양과 관계를 달리해갔던 수많은 작은 패거리들에 대해 소상히 증언할 수 있는 사람은 오직 로크루아뿐일 것이다. 블랭이 죽을 때까지 이십 년 동안 로크루아는 그의 변호사들 중 한 사람이었고 무엇보다 그의 가장 절친한 친구였다. 이십 년이라면 만만치 않은 세월이다. 사반세기에 가깝다. 그 이십 년이 로크루아에게는 무엇과도 비길 수 없는 의미와 중요성을 지닌 것이었다. 그것은 바로 '뤼시앵 블랭의 시절'이었다.

그는 내게 그 시절 이야기를 자주 했다. 나는 정중하고 주의깊게 귀를 기울여 그의 얘기를 들었다. 나의 젊음 때문에 그는 나를 많이 좋아했다. 아마도 '뤼시앵 시절'의 모든 추억과 인생 경험을 전해줄 아들이 하나 있었으면 싶었을 것이다.

어느 날 나는 쿠르셀가에 있는 그의 집을 찾아가보았다. 우리는 카르멘과 만날 약속이 있었다. 늘 그렇듯이 그 여자가 잠이 깰 때까지 끝도 없이 기다려야 할 판이었다. 로크루아는 소파에 누워 있었다. 기타 바티에가 전화를 받았고 매번 그는 집에 없다고 하라면서 손가락을 저어 보였다.

"카르멘한테 반해버렸지요, 안 그래요?" 그가 돌연 나에게 물었다.

나는 얼굴을 붉혔거나 어깨를 으쓱한 것 같다. 그러자 부드럽고도 아버지 같은 위엄 있는 목소리로 그는—내 기억이 정확하다면—대체로 그의 편지에 쓰여 있던 말과 일치하는 내용의 말을 했다. "당신의 인생 초년기를 지켜봐온 그 모든 사람들이 차츰 사라져가고 있어요. 당신은 아주 젊을 때 그 사람들을 알게 되었지만 그들은 그때 이미 인생의 황혼기였으니까요……"

그러고 나서 그는 고개를 돌리며 말했다.

"지프, 저 사람에게 쓸 종이하고…… 펜을 하나 줘……"

기타는 내게 노란 종이 묶음 하나를 내밀었다. 만년필은 로크루아가 상의 안주머니에서 직접 꺼내주었다.

"받아 적어요."

그러고 나서 그는 아주 많은 자질구레한 사항을 불러주었다. 사람들 이름, 수많은 날짜, 길 이름 등을 노란 종이에 적었다. 나는 그 종이 묶음을 잃어버렸지만 그건 조금도 중요하지 않았다. 그만한 나이 때에는 남들이 들려주는 말을 따로 적어둘 필요가 없다. 머릿속에 새겨져서 일생 동안 지워지지 않기 때문이다.

그렇다면 그는 내가 장차 그 시절에 대해 그리고 주위의 모든 인물에 대해 글을 쓰게 되리라는 것을 예감하고 있었을까? 장차 글을 쓰고 싶다고 내가 그에게 털어놓았던 것일까? 그런 것 같지는 않다. 그 사람과 내가 문학에 대한 얘기를 했던가? 그럼, 했고말고. 그는 내게 탐정소설을 빌려주었고, 얼 비거스, 루퍼스 킹, 필립스 오펜하임, 생보네, 돈퍼드 예이츠 등 그 밖에도 여러 작가를 무작위로 소개해주었다. 그 작품들은 항상 그의 서가에 가지런히 꽂혀 있었다. 지금은 내 책들과 더불어.

그리운 로크루아, 이 책은 내가 당신에게 보내는 편지 같은 것입니다. 어지간히도 뒤늦게 보내는 편지군요. 당신은 이 편지를 절대로 받아볼 기회가 없겠지요. 오직 기타만이…… 다른 사람들은 다 사라져버리고 없어요. 어쨌건 카르멘이나 조르주 마요는 독서라고는 하는 법이 없었지요. 우리 둘이서 그런 얘기를 한 것도 기억나는군요. 당신은 친절하게 설명해주셨지요. 세상에는 두 가지 부류의 사람들이 있는데, 하나는 책을 쓰는 사람들이고 다른 하나는 스스로 책 내용과 같은 삶을 사는 중이라 책을 읽을 필요가 없는 사람들이라고. 그들은 책을 살고 있는 거라고. 바로 그런 말이었지요, 로크루아? 내가 잘못 말한 건 아니지요? 카르멘과 조르주는 바로 두번째 부류에 속하는 사람들이었어요.

7월 말이면 나는 서른아홉 살이 돼요. 그때까지 이 책을 끝내고 싶어요. 로크루아, 나는 이 책을 당신에게 바쳐야 할 거예요. 그리고 당신의 표현대로 당신과 더불어 내 인생 초년기의 증인이라고 할 수 있는 카르멘과 마요에게도 고마움을 표해야겠지요.

약속하건대 내 생일 때에는 파리에 혼자 머물 거예요. 그렇게 하는 것이 당신들 모두에 대한 내 의무예요. 이제는 나의 도시가 아닌, 오늘은 기온이 35도까지 올라갔던 숨막히는 이 도시에서 혼자. 그날 저녁 나는 독일인, 일본인 관광객들 틈에 끼어 카페 '프랑시스네'의 테라스에 앉을 거예요. 그리고 거기서 광장 건너편 카르멘의 집 정원 철책을 뚫어지게 바라보겠어요. 지난번 탱탱 카르팡티에리의 자동차를 타고 그 옆을 지나다보니 아파트 덧문이 완전히 닫혀 있더군요. 당신의 건강을 빌며 잔을 들겠어요, 로크루아. 조르주의 건강도 빌며. 그리고 카르멘의 건강도 빌며. 그저 과일주스 한 잔이면 돼요. 오렌지나 자몽. 유감스럽게도 카르멘의 기수같이 생긴 집사가 갖다주던 그 주스맛은 나지 않겠지요. 저녁 여섯시부터 우리가 그녀의 거실에서 그녀가 깨어 일어나기를 기다릴 때면 검은 비로드 실내화를 신은 그 집사가 갖다주곤 했던 그 주스 말입니다.

로크루아, 당신은 내게 트루아용가에 있는 호텔방을 잡아주었지요. 마요가 파리에 체류할 때면 묵곤 하던 호텔이지요. 그 호텔에는 당신과 마요의 오랜 친구이며 역시 뤼시앵 블랭 패거리 중 한 사람이었던 매력적인 남자가 살고 있었어요. 영화인 알베르 발랑탱 말예요. 그들과 함께 있으면 나는 가족과 함께 살고 있다는 느낌이었어요.

나는 호텔에서 마르소대로를 지나 카르멘의 아파트까지 걸어서 가곤 했어요. 언제나 제일 먼저 살롱에 도착해서 그들을 기다렸지요. 그러노라면 당신이 혼자서, 아니면 기타와 함께 왔지요. 기수 같은 얼굴의 집사 위렐은 무슨 비밀 얘기라도 하는 듯한 어조로 늘 같은 말을 했지요.

"부인은 아직 주무십니다."

나는 언제나 그의 검은 비로드 실내화가 부드럽게 미끄러지듯 움직이는 모습에 감탄하지 않을 수 없었어요.

"저 사람은 부인의 잠을 깨우지 않으려고 저런 것을 신고 다니는 거예요." 당신은 그 집사의 목소리를 흉내내어 말했지요.

그는 무슨 수를 써서라도 부인의 잠을 방해하지 않으려고 했어요. 그 여자가 잠을 깰 때마다 그는 실망한 것 같았어요. 그 사람은 우리를 별로 좋아하지 않았어요. 당신도, 조르주 마요도, 나도 헤이워드도 또다른 사람들도. 우리는 부인의 잠을 방해하는 사람들이었으니까요.

조르주 마요는 파리에 머물 때는 우리보다 좀 늦게, 저녁 일곱 시경에 왔어요. 살롱에 들어서자마자 그는 우렁찬 목소리로 떠들었지요.

"부인은 여전히 주무시나?"

그러면 집사는 얼굴이 벌게져가지고 중얼댔어요.

"제발 좀 조용히 말씀해주세요."

그러고는 우리가 마치 무슨 위험한 인물이라도 되듯이 얼른 문을 닫는 것이었어요. 어느 날 저녁 마요는 그가 밖에서 열쇠를 두 번씩이나 돌려서 문을 잠갔다는 것을 알아챘지요.

"내가 카르멘을 깨울까봐 겁이 난 모양이군. 그 여자 건강을 위해서라도 깨워야 할 것 같은데. 이런 좋은 날씨에 잠을 자다니 멍청하기는."

그 말에, 로크루아 당신은 빈정대듯이 나직하게 웃었지요.

"조르주, 이젠 우리한테 건강법에 대한 충고까지 하겠다는 건가?"

"그래, 그럼 안 되나?"

집사는 쟁반에 과일주스를 받쳐들고 다시 나타나서 우리에게 차례로 한 잔씩 건네주었어요. 그는 십오 분마다 와서 그때마다 다른 주스를 한 잔씩 더 갖다줬어요. 망고, 파인애플, 포도, 바나나…… 조르주 마요의 요구에 따라 그는 여러 가지 주스를 한데 섞었는데 그의 숙달된 손놀림은 꼭 큰 호텔의 일급 바텐더 같았어요. 그는 우리에게 '부인의 칵테일'을 원하느냐고 물었어요. 로크루아, 당신은 혹시 그 과일주스 칵테일의 제조법을 기억하시나요? 나는 그게 주로 자몽주스를 가지고 만든다는 것은 기억하고 있지만, 그 밖에는…… 부인의 칵테일. 나는 그 말만 해도 가슴이 죄어드는 느낌이에요.

햇빛이 벽과 가구들과 살롱의 양탄자에 반점들을 만들며 비치고 있었다. 그해 봄, 오후 끝자락은 아름답고 따뜻했다. 마요는 바닥까지 닿는 커다란 창문 하나를 열었고 우리는 각자 손에 잔을 들고 커다란 돌계단에 나가 앉았다. 잔디밭 가장자리를 따라 하얀 튤립이 한 줄로 심겨 있었다. 철책에 바싹 붙여 심어놓은 쥐똥나무는 여름과 어린 시절의 향기를 뿜어대고 있었다. 마요는 자갈을 한 주먹 쥐고는 덧문까지 단단히 닫힌 카르멘의 방 창문에 던지기도 하고 그녀의 이름을 큰 소리로 불러대기도 했다. 그러나 아무 소용이 없었다. 그러자 그는 팔짱을 낀 채 잔디 위에 드러누웠다.

"저런 여자가 옛날에는 늘 아침 일곱시에 일어나곤 했었다니……"

옛날이란 어느 '시절'을 두고 한 말이었을까? 뤼시앵의 시절? 로크루아는 그의 상의 주머니에서 〈코트 데포세〉지를 꺼내어 펼쳐 들고는 신문을 읽는 데 완전히 몰두했다. 기타는 태평하게 살롱에서 담배를 피우고 있었다.

"다니엘…… 자네 의견을 좀 듣고 싶어." 마요가 로크루아에게 말을 걸었다.

뭔가 심각한 질문을 하려는 것 같은, 어쩌면 인생행로를 바꾸어놓을 어떤 충고를 구하려는 것 같은 느낌이 들었다.

"다니엘, 파리에서는 언제나 이토록 재미있게 지내나?"

그는 마주잡은 두 팔을 베고 누워서 풀 한줄기를 씹으며 하염없이 떠가는 구름떼를 눈으로 좇고 있는 듯했다.

"아니, 이젠 파리에서는 재미있는 일이 없어." 로크루아가 〈코트 데포세〉지에서 눈을 떼지 않고 대답했다.

"그런 것 같더라니까."

나는 그들이 하는 말이 무슨 뜻인지 알 수가 없었다. 철책 저쪽에는 바람이 마로니에 잎사귀들과 알마광장과 센강 건너편 건물의 꼭대기를, 그리고 에펠탑 꼭대기를 쓰다듬고 있었다. 그 시절 파리는 내 심장의 고동과 일치하는 도시였다. 나의 인생은 그 도시의 거리에 새겨질 수밖에 없었다. 나는 그저 혼자서 기분 내키는 대로 어슬렁거리며 돌아다니기만 해도 행복했다.

이제 마요는 살롱의 창문에 오렌지색 블라인드를 내리고 있었다. 그는 키가 크고 운동선수 같은 체격에 이마, 코, 눈두덩하며 특유의 무사태평함까지 로마인 같은 데가 있었다. 주름살 같은 노화의 흔적이 전혀 없어서 그에게서는 고생한 티가 조금도 나지 않았다. 그는 일을 완전히 그만둬버린 지가 십 년이나 되었다. 항상 운동선수 같은 미남 주역배우 역만 맡는 것이 따분했던 것이다. 그가 로마에서 찍은 마지막 영화 중 한 편에서 맡았던 검투사 역만 해도 그렇다. 그는 그런 역을 맡기엔 좀 아까운 배우였다. 그는 가구와 미술품에 대해 관심이 많았다. 로크루아와 카르멘이 내게 귀띔한 바에 의하면 그는 고상한 취향을 가진 사람이었다.

"그래, 기타, 이젠 파리에서는 재미있는 일이란 아무것도 없다는 게 사실인가?"

그녀는 정원으로 나와서 우리 틈에 섞여 있었다. 마요는 그녀 옆의 반들반들한 돌계단 위에 가 앉았다.

"그렇다니까 이 사람아, 지프도 같은 대답을 할 거야…… 파리는 이제 파리가 아냐." 로크루아가 한숨을 쉬었다.

그는 상의 안주머니에서 연필을 하나 꺼내더니 신문 한 귀퉁이에 뭔가를 끄적거렸다. 아마 십자말풀이를 하고 있는 듯했다.

"그렇다면 서운할 게 없군. 내가 로마로 가서 살기를 잘했는걸." 마요가 말했다.

"열 번 백 번 잘했지."

"난 말야, 파리에서는 유령으로 변해버린 듯한 기분이라니까." 마요가 말했다.

그는 두 팔을 쳐들고 유령 울음소리 같은 소리를 냈다. 그런데 지금 이 글을 써내려가면서 생각해보면, 그날 오후 끝자락 카르멘의 집에 모여 앉아 있던 그들 역시 유령 같은 모습이었다는 느낌이 든다. 그때 그들은 마치 영원히 오지 않을 누군가를 기다리고, 혹은 아주 침몰해버린 과거를 기억하기 위한 의식을 거행하고 있었던 건 아니었을까?

일곱시경에 집사는 우리에게 아페리티프를 내왔다. 이젠 과일주스가 아니라 알코올이었다. 헤이워드 부부가 바로 그때쯤에 도착했다.

그들은 '뤼시앵 시절'을 경험하지 못한 사람들이었다. 두 사람 다 삼십대로 보였다. 잘 어울리는 한 쌍이었다. 남자 쪽은 좀 땅딸막하기는 했지만 로런스 올리비에 같은 타입이었고 여자 쪽은 밤색 머리와 초록색 눈에, 어딘가 애달픈 느낌을 주는 우아함을 지니고 있었다. 그들은 로댕대로에 있는 숲가의 자그마한 아파트에 살고 있었다. 내가 들은 바로는, 필리프 헤이워드는 '파리에서 자동차 정비업'을 하고 있었고 마르틴 헤이워드는 아주 젊었을 적에, '중대장'이라 불리던 영국인 디자이너의 모델 노릇을 했었다고 한다. 그런데 어느 날 저녁 그녀가 우리를 자기집에 초대하여 함께 필리프를 기다리고 있었는데, 나는 항공사 승무원 제복을 입은 그가 집안으로 슬쩍 들어오는 광경을 목격했다. 잠시 후 그는 평상복으로 갈아입고 우리가 있는 살롱으로 왔다. 그에게서 본 그 잠시 동안의 모습에 나는 어리둥절했다. 처음부터 나는 그 부부가 떳떳하지 못한 수단으로 가식적으로 살고 있다는, 그리고 뭔가를 숨기고 있다는 느낌을 받았다. 사교계 분위기가 풍기도록 억지로 꾸미는 느낌인 헤이워드의 약간 목이 쉰 음색에 나는 별로 신뢰가 가지 않았다. 하여간 카르멘은 그들 없이는 지낼 수 없었다. 그들이 재미있다는 것이다. 그들은 종종 새벽 다섯시가 되도록 계속되는 저녁 모임을 통해 그녀에게 매번 '새로운 장소'를 발견하게 해주었다. 우리가 참여했던—나 자신이야 항상 아웃사이더라는 느낌을 지울 수 없었으며 그들 모임을 '그룹'이라고 말해도 좋을지 의문이지만 편의상 '우리'라고 부르겠다—그 조그만 그룹에서 카르멘은 안내자 구실을 하는 그들에게 감사하는 뜻에서 풍성한 선물을 주곤 했다.

모두가 집을 나서려고 할 때면 집사는 뻣뻣한 자세로 현관의 안쪽 벽에 딱 붙어 서서 우리에게 싸늘한 눈초리를 던지는 것이었다.

"부인께서는 오늘밤 몇시에 돌아오시죠?" 그는 어김없이 이렇게 묻는 것이었다. 마치 카르멘을 위험천만한 모험 속으로 끌어들이는 우리를 나무라는 듯, 그래서 그녀가 정말 곱게 돌아오게 될지 미심쩍어하는 투였다.

"아주 늦게요. 나 기다리지 말아요."

"아뇨, 아닙니다. 부인을 기다리고 있겠습니다."

그러면 나는 그 말 속에서 우리를 경계하고 있는 태도를 느낄 수 있었다.

“저 친구, 당신을 어지간히 좋아하는 모양이야. 그런데 아주 이상한 실내화를 신고 있단 말씀이야.” 마요가 말했다.

“저 사람을 안 지 오래됐어요. 뤼시앵의 마부였거든요.”

내가 카르멘을 처음 만났던 오트사부아의 호텔 ‘라 레지당스’의 관리인 생각이 났다. 그 역시 바라빌에 있는 뤼시앵의 마장에서 일했던 사람이었다. 세상에는 카르멘을 위해 수호천사 역할을 담당할 옛날 마부 출신들이 많았다.

카르멘은 헤이워드의 차에 탔다. 로크루아, 기타 그리고 나는 조르주 마요의 차에 탔다. 어디서 식사를 할 것인지는 헤이워드 부부가 정했으므로 마요는 몇 미터 거리를 두고서 그들의 뒤를 따랐다. 신호등에 빨간불이 켜지면 우리는 나란히 차를 멈추게 되었고 카르멘은 내게 가벼운 손짓을 해 보이곤 했다.

저녁식사가 끝나면 어딘가에 가서 한잔해야 했고 다른 곳에 가서 한잔 더, 그리고 또 자리를 옮겨 한잔을 더 해야 했다. 그리고 항상 헤이워드가 앞장섰다. 그저 파리 시내를 누비는 그네들의 차를 따라가기만 하면 되었다. 파란불. 빨간불. 그때마다 카르멘의 가벼운 손짓. 밤이 깊어갈수록 그 손짓은 구조를 요청하는 신호처럼 느껴졌다. 나는 마요의 차에서 내려 헤이워드의 자동차 문을 열고 카르멘을 끌어내려 데려가버리고 싶었다.

"곧 집에 가서 잠 좀 잘 수 있을까요?" 기타가 물었다.

그녀와 나는 차 뒷좌석에 앉아 있었다.

"카르멘한테 말도 없이 빽소니치는 건 못할 짓이야." 로크루아가 말했다.

때때로 마요는 자기보다 훨씬 젊은 이탈리아인 부인과 함께 파리에 오곤 했다. 그 여자도 우리가 밤에 쏘다니는 데 끼어서 함께 따라온 적이 있었다. 그러나 그녀도 기타와 마찬가지로 머지않아 그만 돌아갔으면 하고 조바심을 냈다.

"조르주, 나 이제 호텔로 돌아가도 돼?" 그녀는 수줍은 목소리로 물었다.

"그럼 물론이지, 그럼……"

"이런 게 익숙하지 않아서…… 졸음이 쏟아져서 말예요…… 친구들한테 미안하다고 말해줘요."

그 여자는 무척 예절발랐고, 어색한 억양이 전혀 없는 프랑스말을 했다. 로크루아가 내게 설명해준 바에 의하면 그 여자는 로마의 엄청난 귀족 가문 출신으로 열아홉 살 때 마요를 만나 반해버리고 말았다는 것이었다.

"호텔에다 내려줄까?" 마요가 제안했다.

그러면 기타도 용기를 내어 말했다.

"나도 너무 피곤해요. 더이상 못 버티겠어요……"

"그래…… 들어가는 게 낫겠어." 로크루아가 말했다.

"택시 정거장이 보이면 거기 세워주세요. 그러면 내가 도리스를 호텔에 내려줄 테니까요." 기타가 말했다.

마요는 차를 세웠고 우리는 그 두 여자를 내려주었다. 그리고 그는 거칠게 속력을 내거나 빨간 신호등을 무시한 채 질주하기도 했는데 헤이워드의 자동차를 따라잡아야 했기 때문이다. 나는 가슴이 뛰었다. 앞차에 탄 사람들이 우리 차를 따돌리면 어쩌나? 카르멘을 영원히 보지 못하게 될까봐 덜컥 겁이 났다.

"저 여자들은 둘 다 맥이 풀려버렸어." 마요가 말했다. "그런데 장, 당신은? 아직 견딜 만해요? 아니면 어디에다 내려드릴까?"

그는 나를 가볍게 놀려댔다. 내가 카르멘한테 반했다는 것을 눈치채고 있었던 것이다.

"그러고 보니 이젠 우리가 정말 '최후의 보루'로구먼." 로크루아가 한숨을 내쉬었다.

그와 마요는 체념한 듯했고 '최후의 보루'에 끼이게 된 것이 쓸쓸한 눈치였다. 앞에서 헤이워드의 차가 우리에게 따라갈 길을 가르쳐주고 있었다. 파란불. 빨간불.

나는 내게 작은 손짓을 보내거나 구조 요청 신호를 보내는 그녀를 사랑하고 있었다. 그런데 나는 아직도 로크루아가 '최후의 보루'라고 한 말이 무슨 뜻인지 알 수 없었다.

그러나 헤이워드 부부도 로크루아도 기타도 마요도 오지 않는 저녁에는 나 혼자서 기다리곤 했다. 나무의 잎새들, 에펠탑의 꼭대기, 그리고 정원의 철책이 아직 훤한 하늘을 배경으로 뚜렷한 윤곽을 드러내다가 마침내 완전히 밤이 되어버렸다. 그 여자는 잠에서 깨어 일어나 있었다. 그녀가 방에 있는 턴테이블에 디스크를 걸면 완벽한 음향장치를 통해 음악이 아파트 전체에 퍼져나갔다. 그녀는 흰색 타월로 된 가운을 입고 나타나서 소파에 누웠다. 어둠이 내리깔렸지만 나는 등불을 켜지 않았다. 비로드 실내화를 신은 옛 마부가 지나가다가 보았더라면 불을 켰으련만 그는 그저 내게 아파트 문을 열어주기만 할 뿐 나 혼자 알아서 하도록 내버려뒀다. 그래서 처음에 나는 잠시 동안 살롱이 어디 있는지 방 이곳저곳을 헤매고 다닐 지경이었다.

재즈곡, 룸바, 오페레타, '무수한 어릿광대들'…… 밤 날씨가 따뜻해지면 우리는 정원 가장자리의 층계로 나가 둘이서 나란히 앉아 있었는데 음악소리가 빠끔히 열린 창문을 통해 그곳까지 들려왔다. 때때로 그녀는 레코드판을 바꾸기 위해 일어났다가 다시 내 곁에 와 앉았는데 어찌나 바싹 다가와 앉는지 그녀의 이마가 내 어깨에 닿는 것을 느낄 수 있었다. 그녀에게는 하루가 시작되는 참이었지만 그녀와 나 사이의 시차는 내게 문제가 되지 않았다. 나는 끄떡없이 버텨내기 위하여 트루아용가의 호텔 방에서 오후 내내 낮잠을 자두었다.

대개 열시쯤이었다. 때로는 열한시경일 때도 있었다. 그녀가 그날의 운세를 점쳐보는 시간이었다. 그녀는 양탄자 위에 카드를 펴놓았고 나는 서재로 가서 책을 한 권 뽑아들었다. 탐정소설이었다. 역사책을 보기도 했다. 저자들이 블랭에게 더러는 그의 이름을, 혹은 그저 성만을 써서 정성스럽게 증정한 희곡집이 많았다. 뤼시앵에게. 블랭에게. '에타블리스망 셰리' 출판사가 펴낸 1934~55년의 『경마 연감』, 그 짙은 청색 하드커버로 장정된 책 스물두 권 각 권마다 블랭 마장의 색깔인 흰색과 녹색 종이 위에 L. B.라는 머리글자가 찍힌 장서표가 붙어 있었다. 바로 그 책들이 꽂혀 있는 서가에서 나는 귀트리 슈빌이 쓴 『그들은 어떻게 재산을 모았는가?』라는 책을 다시 발견하게 되었다. 내가 발드 그라스의 병원에서 고독과 우울에 묻혀 지내던 시절에 읽었던 바로 그 책 말이다. 나는 남편과 기수와 함께 찍은 그녀의 사진을 카르멘에게 보여주었다. 그러나 그녀는 어깨만 으쓱하고 말았다.

사진들과 온갖 종류의 자질구레한 기념품들이라면 살롱의 왼쪽 벽 앞에 세워놓은 중국제 장서랍 속에 셀 수도 없이 많이 들어 있었다. 나는 그중 서랍 하나를 꺼내어 그 속에 든 것을 방바닥에 쏟았다. 카르멘의 청춘 시절이 사진 뒤에 적어놓은 날짜, 뤼시앵 블랭의 낡은 주소록에 적힌 패거리들의 이름들과 함께 내 앞에 뒤죽박죽으로 쏟아졌다. 카르멘은 스스로 '문헌'이라고 부르는 그것을 내가 꺼내보는 것을 좋아하지 않았다. 그녀는 어느 날 밤, 래커 냄새와 가죽냄새 속에서 그녀의 과거가 잠겨 있는 서랍들을 뒤지고 있는 나를 우연히 보게 되었다. 그러자 그녀는 "그 모든 것을 다 불에 태워버리겠다"고 말했지만 이튿날이 되자 자기가 그런 결심을 했었다는 것을 잊어버렸다. 그러나 나는 '그 모든 것'으로부터 무엇인가 남아 있기를 바라는 뜻에서, 에덴로크 바위 앞에서 수영복을 입고 찍은 그녀의 스무 살 적 사진 한 장을 훔쳐 가졌다. 그때 이후 그녀는 실제로 아무것도 변한 것이 없었다. 에덴로크 바위의 사진 속에서 그녀는 지금과 좀 다르게 금발머리를 이마 위로 해서 뒤로 넘기고 있었지만, 오늘날에도 얼굴은 옛날 못지않게 반들반들 빛나고 두 눈 역시 맑고 몸 또한 다름없이 날씬했다. 다만 웃음의 광채가 전보다 흐릿해진 듯했다.

새벽 두시경이면 마부 출신의 집사가 '점심식사' 쟁반을 들고 들어왔다. 찬 닭요리였다. 드라제*. 과일. 오렌지주스. 그녀는 내게 마작놀이를 가르쳐주고자 했지만 나는 도무지 알아들을 수가 없었다. 턴테이블에는 늘 똑같은 디스크가 돌아가고 있었다. 그 무렵 그 사람들은 이미 인생의 황혼기를 맞고 있었지만—로크루아가 내게 보낸 편지에서 말했듯이—가장 자주 듣는 노래는 봄노래였다. 〈파리의 4월〉 〈어느 다른 봄〉 〈포르투갈의 4월〉…… 그런 노래를 듣기만 해도 나는 그렇게 꼬박 지새우며 보냈던 밤의 분위기와 카르멘의 존재를 마음속에 떠올리게 된다. 조르주 마요 역시 그 노래의 느리고 감미로운 후렴을 휘파람으로 불곤 했다. 그래서 그 노래야말로 카르멘에게 그리고 마요에게 그리고 또 같은 패거리의 다른 모든 사람들에게—그들 중 그 두 사람이 유일하게 남은 사람들이었지만—동류의식을 느끼게 하는 신

* 말린 과일이나 아몬드 위에 두꺼운 설탕 옷을 입힌 당과의 한 종류. 전통적으로 결혼식이나 세례식 등 특별한 날에 선물한다.

호 같은 것이 아니었나 하는 생각이 든다.

'점심식사'가 끝나면 그녀는 옷을 갈아입었고 우리는 기나긴 산책을 나서곤 했다. 그때는 한산한 밤중이었고, 자동차들이 아주 드물게 지나갈 뿐이어서 공연히 신호등의 빨간불과 파란불이 번갈아 켜졌다 꺼지길 반복했다. 우리는 라렌 산책로의 잔디 위를 거닐었다. 소나기. 나뭇잎냄새와 젖은 흙 냄새. 우리는 알마 광장 건너편 강변길을 따라 도쿄궁 앞의 광장에서 목소리가 메아리쳐 울려퍼지지나 않을까 조심하며 나직한 목소리로 이야기를 나누었다. 프레넬가와 그 언덕 위의 정원. 센강. 그르넬 다리까지 따라 걷던 시뉴 산책로. 그리고 다시 파시의 층계와 트로카데로공원을 거쳐 오는 귀로.

해가 떠오르고 있었다. 재잘대는 새소리가 살롱으로 흘러들어왔다. 위렐은 불을 끄지 않았고 레코드의 디스크가 그대로 돌아가고 있었다. 턴테이블의 팔이 끝에 이르렀다가 다시 디스크의 한가운데로 밀려나고 있었다. 끈질긴 수영선수 같은 그런 동작은 내가 제때에 버튼을 눌러주지 않았더라면 끝도 한도 없이 계속될 참이었다. 운수를 떼던 카드 짝들이 양탄자 위에 잔뜩 널린 채 있었다.

불안해하는 표정이 한순간 카르멘의 눈빛 속을 스쳤고 그녀는 입을 오므렸다. 조르주 마요, 헤이워드 부부 그리고 내가 밤거리를 한바탕 휘저으며 돌아다니다 그녀를 집으로 데려다줄 때 그녀의 얼굴에 비치는 그 혼란스러운 표정이었다. 그녀는 자동차에서 내려 건물의 현관문에 이르면 몸을 돌리고 우리에게 작은 손짓을 했는데 그때마다 나는 그게 날 보고 하는 손짓일 거라는 생각이 들었다. 그녀는 혼자 아파트 안으로 들어가서 이제는 헌 창고, 즉 조르주 마요의 표현대로 벼룩시장에 불과한 여러 개의 방들을 지나게 될 터였다. 조르주 마요는 나를 트루아용가로 데려다주었다. 한번은 호텔방에 돌아와 나는 그녀에게 "별일 없는지", 또 내가 좀더 같이 있어주기를 바라지는 않는지 물어보려고 전화를 걸었다. 그녀는 "별일 없다"는 대답뿐이었다. 그리고 고맙다고 했다. 이제 나도 잠을 자야 했다. 나만한 나이 때에는 잠이 부족한 법이니까……

나만한 나이…… 그렇다, 이제 나는 그 당시 그녀의 나이만큼 나이를 먹었다. 서른아홉 살. 나도 이제 아침 여섯시경이 되면 그녀를 엄습하던 그 불안이 무엇인지를 이해할 수 있게 되었다. 그리고 에덴로크 바위 앞에서 찍은 사진의 모습과 비교해볼 때 왜 그녀의 미소가 전보다 흐릿해졌는지 그 까닭 또한 알 수 있을 것 같다. 그리고 침대에 누워 눈을 감아도 왜 잠이 찾아와주지 않는지 그 까닭도.

그녀의 방 덧문 사이로 햇빛이 스며들고 있었다. 아직도 새소리가 들렸다.

"저 새들은 참 끔찍해. 저것들이 나를 잡아먹고 말 거야……"

불안으로 인해 그녀의 시선이 또다시 굳어졌다. 그런데 나는 오히려 새소리를 들으면 자장가인 양 마음이 가라앉았다……

그녀는 누운 채로 내 얼굴 가까이 자기 얼굴을 가져왔다. 그녀는 아무 말도 하지 않은 채 맑은 눈으로 나를 물끄러미 바라보았다. 잔뜩 오므렸던 입은 풀어졌고 에덴로크 바위에서 찍은 사진 속 소녀처럼 차츰차츰 반들반들하게 빛을 발했다. 마치 연못의 고요한 수면으로 차츰차츰 부드럽게 떠오르는 그 무엇—박하 냄새나 수련의 이파리 같은 그 무엇—인 양.

"카르멘은 매미 같은 부류에 속한다고 해야 할 거야." 로크루아가 내게 말하곤 했다.

오트사부아의 산장과 함께 목록에서 누락된 뷔트쇼몽 쪽에 있는 조그만 극장 하나를 제외하고는 모두가 다 매각되었다. 블랭이 사망한 후 카르멘은 그녀와 같이 살았던 기수의 충고 덕분에 이삼 년 더 경마사육장과 바라빌의 마장을 유지할 수 있었다. 그 다음에는 기수와 말과 마장이 날아가버리고 말았다. 그러자 로크루아는 그녀가 나처럼 완전히 길거리에 나앉게 되지 않도록 할 수 있는 최선을 다했다.

어느 날 아침 그녀는 내게 마장에 같이 가보자고 했다. 그건 나에게 전혀 뜻밖의 일이었다. 나는 이젠 마장 같은 것은 있지도 않다고 생각했다.

"아냐…… 아직 마장 한 귀퉁이가 내 것으로 남아 있어……"

우리는 옛 마부 위렐의 자동차로 떠났다. 그는 차 운전이 익숙하지 않은 듯 낡은 검은색 프레가트 자동차를 조심조심 몰았다. 그는 비로드 실내화가 아니라 깨끗이 닦은 승마 부츠를 신고 있었다. 우리는 서부고속도로를 탔다. 베르사유 근처에서 플라타너스 가로수가 늘어선 길을 따라가다가 페인트칠이 오래되어 결이 일어난 흰색 나무 대문 앞에 멈췄다. 문짝 양쪽이 쇠사슬에 묶여 있었는데 그중 한쪽에는 반쯤 지워진 검은 글씨로 바라빌 마장이라고 쓰여 있었다. 그 위에는 녹이 슬어 더께가 져버린 우편함이 달려 있었다.

"어쩌면 우편물이 있을지도 몰라." 카르멘이 억양 없는 목소리로 말했다. "들여다보는 게 좋을걸…… 흥미 있는 게 들었을지도 모르니까……"

그녀는 억지로 농담하려고 애를 썼다. 어쩌면 그 방문이 고통스러운 시련이 되지 않을까 하고 대문 앞에서 생각하는지도 몰랐다. 그러나 위렐이 이미 자동차 열쇠로 우편함을 열어두었다.

"우편물은 없습니다, 부인."

그러고 나서 그는 양쪽 문에 묶여 있던 쇠사슬을 풀고 구둣발로 대문짝을 밀었다. 앞에는 엉겅퀴와 잡초가 무성한 오솔길이

트여 있었다.

"저 속으로 걸어 들어갈 수 있을 것 같아요?" 카르멘이 물었다.

"물론이죠, 부인."

그는 높이 자란 덩굴과 잡초를 헤치며 앞장섰다. 우리 세 사람 앞으로는 숨막힐 정도로 우거진 수풀 때문에 때때로 길이 중간에 사라지기도 했다. 그래도 우리는 원시림 한가운데로 그럭저럭 전진했고, 약 십여 미터 지나서 오솔길이 다시 나타났다. 우리는 외벽에 목재골조가 드러나 보이게 지은 커다란 건물 앞에 이르렀다. 건물의 양쪽 날개가 모두 마구간이었다. 건물 본채 꼭대기에는 작은 종루가 있었고 거기에 달린 시곗바늘은 언제나 다섯시 삼십분을 가리키고 있었다.

"열쇠를 잊어버리지 않았겠지요?"

"네, 부인."

위렐은 본채의 나무문을 열려고 애를 썼지만 뜻대로 되지 않았다. 열쇠가 구멍에 박힌 채 꼼짝하지 않았다.

"열 수가 없는데요, 부인. 녹이 슬어서요. 원하신다면 문을 강제로 열어볼 수는 있습니다만."

"그럴 것까지는 없어요."

"할 수 있습니다, 부인."

그는 뒤로 물러섰다가 순간 내닫는 힘으로 어깨를 문에다가 쾅 하고 부딪쳤다. 문이 열렸다.

"보세요, 부인…… 자물쇠가 완전히 떨어져나갔네요……"

카르멘과 나는 안으로 들어갔다. 대리석으로 벽을 바른 커다란 홀의 문턱에서부터 곰팡이 냄새가 진동했다. 카르멘이 창문을 열자 쏟아져들어오는 빛에 거창한 벽난로와 그 안에서 썩어가던 장작 몇 개비가 모습을 드러냈다. 왼쪽 벽에 액자 하나. 그녀가 액자를 떼어 유리를 뒤덮고 있던 노란 먼지를 손수건으로 닦아냈다. 어느 기수 한 사람의 사진이었고, 아래쪽에는 사진 밑에 '뤼시앵 블랭 주인님께, 애정을 바치며, F. 홉슨'이라고 쓰여 있었다. 로크루아를 통해 나는 그 프레드 홉슨이라는 사람이 블랭이 죽고 난 뒤 카르멘과 함께 살았던 기수라고 들었다. 심지어 그녀의 남편이 살아 있을 때도 그 기수는 '매력적인 뤼시앵 블랭 부인'을 '올라타곤' 했다는 소문이, 이미 죽어 없어진 사람들 사이에서는 공공연한 비밀이었다.

"이 사진을 집에 가지고 가야겠어. 친구였거든……" 카르멘은 기력 없는 목소리로 말했다.

벽난로 위에는 극장 팸플릿처럼 생긴 홍보용 소책자들이 쌓여 있었다. 표지는 대부분 마치 벌레가 갉아먹은 것처럼 갈색 얼룩과 조그만 구멍투성이였지만 두툼한 광택지 덕분에 오랜 세월이 지난 뒤에도 제 모습을 간직하고 있었다. 나는 그중 가장 덜 상한 것 하나를 골랐다. 표지에는 이렇게 쓰여 있었다.

바라빌 마장

1947

뤼시앵 블랭

카르멘은 여전히 손수건으로 액자의 먼지를 닦는 중이었다.

소책자 첫 페이지에는 이렇게 인쇄되어 있었다. '뤼시앵 블랭 소유'. 그리고 그 밑에는 말의 리스트,

1947년생 망아지들—포알

1947년생 암망아지들—포알

그리고 다음 페이지들에는,

뤼시앵 블랭 소유

1946년생 망아지들—이얼링

1946년생 암망아지들—이얼링

모두 약 사십여 마리였다. 나는 그 '팸플릿'을 오래도록 간직하고 있었는데 할일이 없을 때에는 말 이름들을 외우곤 했다. 오르토랑, 브뤼뫼, 퓌다무르, 르고스, 프랭스로즈, 스카라무슈, 클로도슈, 수르스쉬크레, 방드노르, 폴뉘, 콜데자라비스, 파품, 아라비앙, 걸, 두스뢰즈, 페페르잔, 이스탕뷜, 마드무아젤드생타

옹, 파리노르, 빌리오브스페인…… 나는 위렐이 그 말 한 마리 한 마리에 대해 자세히 알려주었으면 좋겠다고 생각했다. 그는 그 말을 다 알았으니까. 그러나 나는 한 번도 그에게 그 말을 꺼내보지 못했다.

아마도 카르멘이 너무 세게 문질렀는지 액자의 유리가 그만 깨져버리고 말았다. 그녀는 액자를 땅바닥에 반듯이 내려놓았다.

"할 수 없지. 여기 그냥 놔두는 게 낫겠어."

그녀의 검지손가락이 유리에 베여 피가 좀 났다.

나는 사진이 여기서 삭아버리게 그냥 내버려두다니 유감이라고 그녀에게 말했다. 나는 유리 조각을 하나하나 떼어내고 사진을 틀에서 살며시 밀어 빼냈다. 그러나 내가 그녀에게 사진을 내밀자 그녀는 그것을 찢어버렸다. 프레드 홉슨에 대해서는 몹쓸 짓이었다.

우리는 밖으로 나왔고 카르멘은 등뒤로 문을 닫았다. 그녀는 베란다의 난간에 몸을 기댔다.

"여기 와서 살면 좋을 것 같아? 수리를 할 수 있을는지 로크루아한테 물어볼 생각이야……"

우리 앞에는 원시림 못지않게 수풀이 우거진 폐원廢園이 펼쳐져 있었다. 그 폐원이 차츰차츰 집을 삼켜버리고야 말 것이다. 벌써 풀과 이끼가 베란다 가까이까지 무성하게 자랐으며, 나무들이 집안에서 자란 듯 잎사귀가 시커먼 문짝 너머로 자욱이 삐져나와 있었다. 우거진 풀숲을 아무리 훑어보아도 잠시 전에 우리가 따라 들어왔던 길의 시작이 어디쯤인지 분간할 수 없을 정도였다.

"난 마장의 이 부분은 절대로 팔고 싶지 않았어…… 뤼시앵과 프레드 때문에……"

프레드 홉슨 역시 죽었을까?

"수리를 해야 할 것 같아…… 이대로 놔둘 수는 없는 일이거든……"

저쪽에서 위렐은 삽으로 잡초를 걷어내려 애쓰고 있었다. 해변용 모래 삽으로 랑드의 거대한 모래언덕을 공략하는 어린아이처럼 영웅적이면서도 골똘한 모습이었다.

"그이가 이 꼴이 된 마장을 보면 마음이 아플 거야……"

그녀의 시선은 딴 곳에 가 있었다. 아마도 잘 손질된 오솔길, 잔디밭, 하얀 울타리, 오가는 마부들, 훈련에 열중하고 있는 프레드 홉슨, 빌리오브스페인을 마구간에 넣고 있는 위렐 등 삶의 이유가 돼주었던 그 모든 것들, '뤼시앵의 시절'에는 아직도 존재했던 그 모든 것들이 눈에 선한 모양이었다.

베란다 문턱에 밧줄이 매달려 있었다. 나는 그녀에게 무엇에 쓰이던 밧줄인지 물었다. 깃대에 '깃발'을 올리는 데 쓰던 밧줄이지. 깃발? 응, 마장 색깔인 흰색과 녹색 깃발 말이야. 마장에서 키운 말이 경마에서 승리할 때마다 깃대에 깃발을 올렸거든.

나는 밧줄을 당겼다. 도르래가 삐걱거리는 소리를 냈다. 어떤 저항을 느끼자 밧줄의 끝을 베란다의 난간에 비끄러맸다. 나는 깃발이 과연 깃대 끝까지 잘 올라갔는지를 확인하고 싶었다.

저 위로 올라간 깃발은 녹색 부분이 약간 찢어지기는 했지만 미풍에 부드럽게 휘날렸다. 흰 부분은 누리끼리하게 변해 있었다. 하지만 아무러면 어떠랴? 지금은 사라지고 없는 기수들과 순종마들과 마부들에게 그리고 카르멘의 청춘에 경의를 표하는 의미에서 마지막으로 그 깃발을 올리는 것은 보잘것없지만 내가 할 수 있는 최선이었다.

내 인생의 출발은 거짓 출발이었다. 아니 잘못된 출발이라고 쓰려고 했다. 하지만 천만에. 분명히 그것은 거짓 출발이었다. 나는 그 모든 일이 내게 일어났었다는 것을 부인할 수도 있었다. 대다수의 증인들은 사라져버렸다. 기타만이 예외지만 그녀의 기억은 매우 희미할 것이다. 해묵은 경찰 보고서에서 내 이름을 찾으려고 뒤지는 편집광이면 몰라도, 그렇지 않다고 증명할 사람이 누구겠는가? 어떤 여자들은 젊어지려고 자기 생애의 오 년쯤을 슬쩍 빼버리고서 없었던 것으로도 하는데. 그렇다면 석 달쯤이야…… 그렇지만 그 거짓 출발이 내 인생에 특이한 색조를 부여하게 될 것이며 그것이 내 인생의 민감한 배경을 이룬다는 사실을 오늘 나는 잘 알고 있다.

4월, 5월, 6월. 마약단속반의 문서에는 그해 봄 내가 트라이엄프 호텔 17호실에 머물렀다는 흔적이 남아 있다. 15호실은 알베르 발랑탱의 방이었다. 조르주 마요는 파리에 와서 머물 때면 복도 건너편 내 방 맞은편 방인 14호실에 들곤 했다. 로크루아가 내게 은밀히 알려준 바에 의하면 그는 중독 치료를 받기 위해 파리에 오는데, 마약에 중독된 지 오래되었다고 했다. 그는 카르멘보다 다섯 살 위였다. 기타는 서른세 살이었다. 카르멘은 오늘 내 나이가 그렇듯 서른아홉이었다. 헤이워드 부부는 그보다 약간 더 젊었다. 로크루아는 조르주 블랭과 같은 세대로 1909년생이었다. 블랭은 1906년생. 이 사실들을 명확히 해둘 필요가 있다. 그 시절은 내게 덧없는 영상들만 남긴 채 빨리 지나가버렸기에 그 연도와 날짜에 내가 이렇게 집착하는 것이다. 나는 그들에게 모든 걸 다 물어볼 시간이 없었고, 그들 각자를 깊이 알거나 그들의 얼굴을 진득하게 바라볼 시간이 없었다.

조르주 마요. 첫눈에 건강과 육체적인 힘과 넘쳐흐르는 원기가 느껴지는 그 사람이 어째서 그토록 속으로 병들어 있었단 말인가? 카르멘에 대한 로크루아의 표현을 빌리자면 그는 벌써 오래전부터 극도의 신경쇠약 증세를 보이고 있었다. 나는 마요의 그 빛나는 웃음을, 그의 푸른 두 눈을, 자조하느라고 스스로를 가리키며 하던 표현처럼 '검투사' 같은 그의 체격을 기억한다.

나는 또 트루아용가 호텔 14호실에서 밤이면 그가 내지르곤 하던 신음소리도 기억한다. 중독 치료를 하는 동안 그는 술을 마시지 않고는 못 배겼다. 그렇게 알코올과 진정제를 한꺼번에 털어넣다보면 끔찍한 위경련이 일어났다. 하지만 그는 언제나 유머를 잃지 않았다. 그 이튿날 아침이면 그는 내게 말했다. "당신을 또 잠 못 자게 했구먼. 다음번에 또 그러면 내 입에 재갈을 물리는 게 좋겠어."

5월의 어느 일요일 오후, 마요와 나는 자전거 두 대를 빌렸다. 우리는 그 동네의 몇몇 길이 비탈져 있다는 걸 알아차렸다. 마요는 자전거로 길을 오르내리면서 운동하고 싶어했다. 그 전날 저녁에 우리는 코스를 짰다.

카르노로

아나톨드라포르주가

아르크드트리옹프가

마크마옹대로

"오르막은 힘이 들 거요." 마요가 나에게 말했다. "하지만 그 다음은 두고 봐요…… 내려갈 때는 아주 신명날 테니……"

그리고 그는 너털웃음을 웃으며 떠났다. 무엇으로도 막을 수 없을 웃음, 내가 생각하기에 그에게 마지막까지 손상되지 않은 모습으로 남아 있을 유일한 것인 그 웃음.

그렇다. 봄날의 햇빛 아래 인적 없는 거리를 따라 자전거 페달에서 발을 뗀 채 미끄러지듯 내려가는 기분은 정말 신명났다. 저녁에 우리는 동네 식당 테라스에서 로크루아와 함께 남자들끼리 식사를 했다. 그들은 카르멘 이야기를 했다. 그리고 지난날에 대한 이야기도 했다. 로크루아는 카르멘에게 돈이 떨어지지 않도록 모든 조치를 다 취해놓았고, 몇 달 전부터는 '큰일나게 생긴' 상황을 바로잡아가고 있었다. 그녀는 이제 더이상 도박을 하지 않았다. 그것만 해도 벌써 상당한 일이었다. 그는 그녀가 카지노에 가면 '출입금지를 당하게' 될 거라고 설득했다.

"우선 너한테 잘된 일이야, 다니엘." 마요가 말했다.

블랭이 죽고 난 뒤부터는 '모든 것'이 조금씩 조금씩 무너져갔다. 십 년 만에…… 로크루아가 말하는 '모든 것'이란 단순히 카르멘의 재정적 상태만이 아니라 그 자신과 마요, 파리 그리고 일반적인 모든 일을 두고 하는 말인 것 같았다. 블랭이 있었을 때만큼은 모든 것이 아귀가 맞았고 그 모든 것들이 하나하나 중력과 공통분모를…… 한 걸음 더 나아가 삶의 의미를 지니는 것이었다. 블랭은 쇳가루를 모아들이는 자석 같은 존재였다.

"그래 자네, 치료는 잘돼가나?" 로크루아가 마요에게 물었다.

"그저 그래…… 도리스하고 결혼하고부터는 그래도 새 출발을 한 것 같은 느낌이야. 그리고 난 전부터 로마를 좋아했거든."

그는 내게 고개를 돌렸다.

"로마로 오지 그래요…… 당신 맘에 꼭 들 곳이에요……"

"내가 잘못 생각하고 있는지 모르겠지만, 로마는 좀 뒤처진 곳이라는 인상이 있거든…… 로마에서 만년을 보내다가 그곳에서 그대로 인생을 마감하고 마는 친구들 생각을 좀 해보라고……" 로크루아가 말했다.

그는 마요처럼 십여 년 전부터 그 도시로 가서 눌러살고 있는 몇몇 프랑스 배우들 이름을 꼽았다.

"난 그 사람들 안 만난다고…… 도리스의 친구들하고밖에는 내왕을 안 하는걸…… 하기야, 자네 생각이 맞을지도 몰라…… 하지만 어쨌거나 자네 말은 저 사람한텐 해당되지 않아……"

그는 나를 손가락질해 보였다.

"저만한 나이 때는 로마에 있건 파리에 있건 매한가지지…… 어디에 있든 전혀 중요하지 않아…… 나이 스무 살에 로마에 살건 파리에 살건……"

식사를 마칠 무렵 뚱뚱한 금발 청년 한 사람이 합류해서 우리 식탁에 끼여앉아 커피를 마셨다. 마요는 우리에게 그 사람을 소개했지만 나는 그의 이름을 듣지 못했다. 지금 생각해보니 그가 탱탱 카르팡티에리였음이 틀림없다.

"정비공장에서 자동차 찾아왔어?" 마요가 그에게 물었다.

"응."

"문제가 뭐였대?"

"브레이크에 문제가 좀 있었대……"

그와 카르팡티에리가 자리에서 일어났다.

"오를리로 도리스를 데리러 가야 해……"

그는 내 어깨를 정답게 툭툭 두드렸다.

"내일 아침식사 때 호텔에서 다시 만나기로 해요…… 도리스가 허락한다면 다 같이 또 한번 자전거를 탑시다……"

나는 그들이 자동차에 오르는 것을 바라보았다. 카르팡티에리가 운전석에 오르더니 요란한 소리를 내며 시동을 걸었다. 로크루아와 나는 한동안 아무 말 없이 탁자에 앉아 있었다.

"하긴 언젠가 한번 그의 청을 받아들여서 로마에 가보는 게 좋겠어요…… 조르주는 아주 친절한 사람이니까……" 로크루아가 내게 말했다.

그의 말에 의하면 조르주와 카르멘은 카르멘이 스물다섯 살 적에 잠깐 동안 둘이 '연애'를 했었다고 한다.

"뤼시앵이 눈감아줬지요…… 그는 카르멘이 어떤 여자인지 잘 알고 있었으니까요…… 이따금 고삐를 늦춰줄 줄도 알았어요…… 말에 미친 사람이었죠……"

로크루아는 내게 쿠르셀가에 있는 그의 집까지 바래다줄 수 있겠느냐고 물었다. 그 아름다운 봄밤을 실컷 즐길 필요가 있었다. 길을 가는 동안 줄곧 그는 내게 아버지가 아들 대하듯이 이야기를 했다. 그는 내 장래에 대해 몹시 마음을 쓰고 있었다. 이상했다. 그는 1939년 코트다쥐르 해변에서 내 나이 또래였던 마요를 알게 되었다. 마요 역시 앞으로 인생을 어떻게 살아야 좋을지 알지 못하던 때였다. 칸에서 그는 한 연상의 여자를, 롤랑드 르나르라는 이름의 어딘가 카르멘과 비슷한 여자를 만났다. 그 여자는 청년을 보자 마음이 흔들렸다. 롤랑드 르나르 역시 로크루아, 그리고 조르주 블랭의 친구였다. 그것 봐요 장, 세상이 얼마나 좁은가……

카르멘 블랭이나 롤랑드 르나르 같은 사람들은 해결책이 못 되었다. 로크루아는 마요에게 파리로 올라가서 연극 강의에 등록해보라고 충고했다. 그런데 나 말이오? 나는 뭘 좋아했느냐 하면? 책을 좋아했지요. 그렇다면 왜 문학 방면으로 진출할 생각을 안 해봤느냐고? 왜냐고?

사람은 인생의 목표를 정해 가지고 있어야 해요. 안 그랬다가는…… 나는 그의 말을 한쪽 귀로 흘려듣고 있었다. 그때 나는 충고 같은 건 귀에 들어오지도 않는, 충고해주는 사람들의 말이 도무지 헛수고로만 여겨지는 그런 나이였다.

인생의 목표라…… 그날 저녁 공기는 따뜻했고 샹젤리제대로의 불빛은 그 어느 때보다 더 눈부시게 빛났으며 저 아래 공원에서는 마로니에 꽃들이 내 어깨 위로 떨어지고 있었다.

나는 로크루아의 아파트로부터 카스틸리온가에 있는 호텔로 걸어 돌아왔다. 아내가 혹시 나한테 전화를 했는지 알아보고 싶었기 때문이다. 공기는 평소보다 서늘했고 빛은 더 부드러우면서 선명했다—더운 김이 서려 있지 않았으니까. 그러자니 자연인적이 없고 햇볕만 쨍쨍 내리쬐는 대로를 따라 걸으며 느끼게 되는 공허감은 더욱 강하게 다가왔다. 플라타너스 잎새를 쓰다듬는 미풍과 고요 속에 잎새가 바스락거리는 소리……

"전화 온 건 없었는데요, 선생님……" 호텔 관리인이 말했다.

그리고 또다시 그는 내게 미소를 지으면서 붉은색 카드 한 장을 내밀었다.

"파리에 혼자 계실 거라면……"

"이 카드는 벌써 여러 장 받았는데요……"

"오, 죄송합니다, 선생님…… 사람 얼굴을 통 기억하지 못해서…… 직업이 직업이다보니 그게 오히려 장점일 수도 있거든요…… 비밀 보장이랄까……"

그의 목소리는 미소처럼 부드러웠다. 나는 그 카드와 거기 적힌 이름을 가만히 들여다보았다. 헤이워드.

"옛날에 알던 사람 중에 헤이워드라는 사람이 있었던 것 같은데……"

"제가 전화 심부름을 해드릴까요, 선생님?"

"헤이워드한테 손님을 보내주면서 그 사람과 사업상 관계를 맺고 있는 건가요?"

"아닙니다. 선생님, 별말씀을 다 하십니다."

방으로 돌아온 나는 침대 가장자리에 가 앉았다. '헤이워드. 고급 자동차 대여회사. 운전기사를 포함한 자동차 전세. 관광코스 안내. 파리 야간 관광. 로댕대로 2번지(16구) 트로카데로 국 46-26번.'

그건 분명히 옛날에 그들이 살던 주소였다. 나는 전화번호를 돌렸다.

"여보세요…… 헤이워드 사무실입니다……" 남자 목소리가 들렸다.

살롱에서 전화를 받고 있는 것일까? 조그만 철계단을 통해서 테라스와 지붕 위로 올라갈 수 있게 되어 있는 그 살롱의 널찍한 발코니가 머릿속에 떠올랐다.

"자동차를 하나 빌릴까 해서 전화를 했는데요."

"운전기사가 딸린 걸로요?"

"네, 운전기사도 함께요."

전화를 받는 이가 그 사람일까? 아니면 그의 직원들 중 한 사람일까?

"언제 쓰실 건가요, 선생님?"

"오늘 저녁 아홉시경에요."

"주소가 어떻게 되죠?"

"로티 호텔."

"얼마 동안 쓰시죠?"

"기껏해야 두 시간 정도요. 파리 시내로 관광 드라이브나 좀 하면 되니까요."

"좋습니다. 선생님 성함이……"

"가이즈에요. 앰브로즈 가이즈."

"좋습니다. 그럼 오늘 저녁 로티 호텔, 아홉시에요."

남자는 지금 전화를 받고 있는 사람이 필리프 헤이워드인지 물어볼 여유조차 주지 않은 채 전화를 끊어버렸다.

"운전기사가 프런트에서 기다리고 있는데요, 선생님……"

나는 헤이워드 자동차 대여회사에 경의를 표하는 뜻에서 이십 년 전의 낡은 선글라스를 쓰고 싶은 생각이 들었지만 결국은 평소에 끼고 다니는 미러 코팅 렌즈를 선택했다.

나타난 사람은 그였다. 부은 얼굴, 희끗희끗한 머리. 하지만 나는 그가 여전히 간직하고 있는 젊은이 같은 거동에서 그를 알아보았다. 감색 알파가 양복. 자주색 넥타이.

"안녕하세요, 선생님." 그는 사회적 지위에 비해 경제적으로 넉넉지 못한 사람에게서 볼 수 있는 조심스럽고 권태로운 태도로 내게 인사를 했다. 그러나 어쩌면 내가 잘못 생각하고 있는지도 몰랐다. 헤이워드는 카르멘 시절부터 줄곧 운전기사 일을 해왔을는지도 모르는 일이었다. 그가 승무원 제복을 입은 모습을 언뜻 본 듯한 기억이 머릿속에 떠올랐다. 그는 내게 무심한 눈길을 던졌다. 그는 나를 알아보는 것 같지 않았다. 우리는 후덥지근한 밤거리로 나갔다. 바람 한 점 없었다. 자동차는 카스틸리온가와 생토노레가가 만나는 모퉁이에 세워져 있었다. 덩치가 우람한 미제 자동차였다. 검은색.

"차가 맘에 드시면 좋겠습니다, 선생님."

"썩 좋아요."

그는 내게 자동차 문을 열어주었고 나는 뒷좌석 우측에 올라탔다.

"어디로 모시면 좋을까요?"

"음…… 그냥 파리 시내 드라이브를 하죠…… 에펠탑…… 앵발리드…… 샹젤리제…… 피갈……"

"좋습니다. 먼저 어디부터 시작할까요?"

"에펠탑부터 가지요……"

나는 안경을 벗었다.

그는 백미러로 내 모습을 관찰했다.

"파리를 잘 아시나요?"

"거의 이십 년 가까이 못 와봤어요. 이십 년 동안에 파리는 많이 변했죠?"

"많이 변했지요."

그 말에는 어딘가 쓸쓸한 기분이 엿보였다. 파리는 많이 변했지만 헤이워드 저 사람에게서는 이십 년 전과 똑같은 냄새가 나고 있었다. 내게는 이제 한물간 것같이 느껴지는 그 냄새, 로댕대로 그의 아파트 욕실 안의 작은 탁자 위에 놓여 있던 진한 녹색 병, '아콰 디 셀바' 향수 냄새.

"그래도 에펠탑은 안 변했지요……" 그가 내 쪽으로 살짝 돌아다보며 말했다.

우리는 라렌 산책로를 따라가다가 알렉상드르 3세 다리를 건넜다. 그 다리에서는 옛날에 카르멘과 같이 산책하던 센강 우안의 전경이 한눈에 들어왔다. 수백 명의 관광객들이 트로카데로 광장의 분수 밑에 앉아 있었고, 저 반대편 콩코르드광장에는 알록달록한 관광버스가 끊임없이 돌아다니고 있다고 마음속으로 생각해본들 아무 소용이 없었다. 그랑 팔레며 파시의 높은 언덕배기, 센강 강둑 등 모든 것이 이제는 죽어버린 도시의 것이 되어 있었다. 적어도 내게는 죽어버린 도시의.

"자, 저기 에펠탑입니다……"

나는 에펠탑을 보기 위해 유리창을 내리고 고개를 내밀어보았지만 내게 그 탑은 찌는 듯한 밤, 거리의 운전기사가 되어 희끗희끗한 머리털을 나부끼고 있는 저 헤이워드만큼이나 믿어지지 않는 것이었다.

"자, 보셨어요? 이제 사크레쾨르로 갈까요?"

그는 편안하게 파리 구경을 하겠다는 손님에 대해 어지간히 익숙해져 있었다.

"아뇨…… 아녜요…… 우선 앵발리드로……"

"알았습니다, 선생님."

그가 나를 알아본 것일까? 그는 유턴을 해서 강변도로 반대 방향으로 달렸다. 그는 손수건으로 이마의 땀을 찍어냈다. 차창이 내려져 있었지만 아무 효과가 없을 정도로 날이 더웠다. 한낮보다도 더 더웠다.

그는 드넓은 광장가에 차를 세웠다. 저쪽에서 앵발리드의 돔을 비추고 있는 조명등의 하얀 불빛 때문에 건물이 마치 눈속임으로 그려놓은 거대한 그림처럼 보였다. 나는 에펠탑 앞에서와 마찬가지의 비현실적인 느낌을 받았으므로 그 광장이 옛날에 내게 어떤 느낌을 주었는지를 기억 속에서 되살리려고 애쓰면서 비현실감을 몰아내려고 했다. 어린 시절 매년 그곳에서 장터 축제가 열리면 어머니는 나를 그곳에 데려가곤 했었다. 회전목마, 사격놀이, 요나 고래……

"앵발리드를 더 가까이 가서 보고 싶으세요?"

"아니, 됐어요……"

왼쪽, 에어 프랑스 터미널 앞에는 오를리공항으로 가는 버스들이 관광객들을 쏟아놓고 곧 새로운 수송객들을 데리러 떠나고 있었다. 그리고 큰 보따리나 철제 받침이 달린 커다란 배낭을 짊어지고 몸을 구부린 관광객들은 또다시 모여드는 다른 버스에 뛰다시피 잰걸음으로 올라타고 있었는데, 그 숫자가 얼마나 많은지 마치 군부대를 수송하는 광경 같아 보였다.

"그럼 이제는요? 어디로 모시면 좋을지요?"

나는 그쪽으로 몸을 숙였고 내 턱이 거의 그의 어깨에 닿을 것 같았다.

아쿠아 디 셀바 화장수 냄새가 나를 더 어지럽게 만들었다. 나는 한마디 한마디에 힘을 주어가며 그에게 말했다.

"이젠 호텔로 돌아가요. 하지만 그전에 알마광장에 잠깐 차를 세워주세요. 이따 어디에 설지 알려드릴게요."

그는 다시 한번 더 유턴을 했다. 그리고 강변도로를 따라가다가 알마 다리를 건넜다.

카페 '프랑시스네'의 테라스에는 사람이 많았다. 탁자가 인도를 넘쳐나 즐비하게 놓여 있었다. 버스 중간에 파리-비전이라고 커다랗고 붉은 글씨가 쓰인 하늘색 버스가 한 대 기다리고 있었다.

"오른쪽에다 세워요…… 장구종가 초입에요……"

"여기요?"

"네."

우리는 카르멘이 살던 건물의 입구에 와 있었다.

그는 시동을 끄고 나서 나를 돌아다보았다.

그의 눈이 휘둥그레지면서 돌연 그를 더 늙어 보이게 만드는 매우 주의깊은 표정으로 나를 빤히 쳐다보았다. 어두운 조명 탓인지는 모르지만 그의 얼굴이 더 홀쭉해 보였다.

"이 아파트에 아직 누가 살고 있는지 모르겠군요……"

그러면서 나는 카르멘이 살던 집의 닫힌 덧창을, 장구종가 쪽으로 면해 있는 덧문을 가리켜 보였다.

"선생께서는 어쩌면 알고 계실지 모르겠군요?"

그는 불안한 눈길로 나를 빤히 쳐다보았다. 나는 더욱 어지러워졌다. 나는 그에게 그의 부인 소식을 물어보고 싶었다. 심지어 그들 부부가 카르멘과 나를 데리고 갔던 특별한 저녁 모임 덕에 내가 알게 된 몇 가지 세세한 일을 상기시켜주고 싶은 충동까지 일었다. 마르틴 헤이워드는 여전히 왼쪽 허리쯤에 점이 있을까?

"우리 오래전에 이곳에서 서로 만난 적이 있군요…… 블랭 부인이라고 하는 사람 집에서…… 안 그래요?" 그가 내게 사교계식 대화로 말했다.

"네…… 그런 것 같아요."

"그 여자는 오 년 전에 죽었어요."

죽었다. 왠지 모르게 탱탱 카르팡티에리의 뚱뚱하고 벌그레한 얼굴이 내 기억 속에 떠올랐다. 그의 모습이 어찌나 생생하게 떠올랐는지 한순간 앞좌석에 팔을 괴고 앉아 내게 말을 하고 있는 사람이 헤이워드가 아니라 카르팡티에리인 것 같은 생각이 들었다.

"그 여자가 파리를 떠난 지는 오래되었지요. 은퇴해서 코트다쥐르에 살았다는 말이 있어요."

그날 밤 카르팡티에리는 늘 하는 버릇대로 조르주 마요의 유령 자동차를 뒤쫓아갈는지 모른다. 알마광장은 그 코스의 일부였다. 헤이워드에게 마요의 하얀 란차 자동차와 카르팡티에리의 자동차가 지나가기를 기다려달라고 부탁할 수도 있었다. 우리도 그들 뒤를 쫓아가보자고. 몽테뉴대로. 샹젤리제광장. 다시 몽테뉴대로. 알렉상드르 3세 다리……

"호텔로 다시 모셔다드릴까요?" 헤이워드가 내게 물었다.

"그게 좋겠군요."

그렇다, 이것만한 크기의 대형 승용차였다. 지금처럼 헤이워드가 운전을 했다. 그런데 그날 저녁 나는 뒷좌석에 혼자가 아니라 마르틴 헤이워드와 갈색 머리 아가씨 사이에 앉아 있었다. 카르멘은 필리프 헤이워드 옆 앞자리에 탔다. 가벼운 담황색 바바리코트를 입은 푸른 눈에 밤색 머리의 뤼도 푸케라는 자 역시 문쪽 앞자리를 차지하고 있었다. 그의 왼쪽 팔이 카르멘의 어깨를 감싸고 있었다. 시동을 걸기 전, 저녁 모임이 밤늦은 시간까지 길어질 염려가 있을 때면 매번 내게 던지던 질문을, 헤이워드는 이십 년 후에도 똑같이 내게 하는 것이었다.

"호텔로 다시 모셔다드릴까요?"

그러나 그는 대답을 기다리는 법이 없었다. 그건 그가 늘 하는 장난이요 일종의 의식 같은 것이었다. 그는 내가 그 끝날 줄 모르는 저녁 모임을 좋아하지 않는다는 것을, 그리고 그 모임에서 무슨 수를 써서라도 카르멘을 빼내려고 한다는 것을 잘 알고 있었다.

"아냐, 아냐. 나하고 같이 있을 거야. 호텔로 데려다주지 마." 카르멘이 헤이워드에게 말했다. 그러면 나는 그 목소리와 그 반말하는 말투를 듣고서 그녀가 보통 때보다 더 많이 취했다는 것을 알아차렸다.

헤이워드가 시동을 걸었다. 우리는 앵발리드광장 가장자리를 따라 강변로로 향했다. 조금 전, 우리가 거의 같은 곳에 차를 세웠을 때는 그 생각이 나지 않았었다. 그만큼 나는 그게 똑같은 도시에서의 일이라고 믿기 힘들었던 것이다. 우리는 어느 곳에 선가 나오는 길이었다. 광장 오른쪽 가장자리에 있는 파베르가의 식당 겸 댄스홀이었다. 붉은 카펫이 깔린 큼지막한 홀. 수정 유리, 거울, 검은색 래커칠을 한 천장. 허술한 실내 풍경. 쿠바 연주단. 앞자리에 나가서 춤을 추고 있는 몇 쌍의 남녀들. 사회자가 이 테이블에서 저 테이블로 왔다갔다하기도 하고 마이크 쪽으로 몸을 숙이고서 별로 흥을 내지도 못한 채 메트로놈처럼 고개를 끄덕거리면서 되풀이하고 있었다.

"타가다, 타-가-다."

들리는 말에 의하면 그 세 음절은 그가 고객들에게 보내는 암호 같은 것으로 그의 상표요 그의 귀족 칭호였다. 아닌 게 아니라 타가다라는 글씨가 건물 정면에 초록빛 네온사인으로 번쩍거리고 있었다. 매번 자정 무렵이면 헤이워드가 우리를 '타가다' 바로 데리고 갔다. 그의 표현을 빌리건대, 거기 가면 '만남'이 가능하고 '전화번호'도 입수할 수 있기 때문이었다. 우리는 그날 저녁 그곳에서 바바리코트 차림의 뤼도 푸케라 불리는 친구와 갈색 머리 아가씨를 '만난' 것이었다.

핸들에 손을 얹은 채, 목과 머리를 꼿꼿이 세우고 운전하고 있는 헤이워드를 보기만 해도, 아콰 디 셀바 냄새를 맡기만 해도, 이십 년 전의 그 모든 세세한 기억들이 머릿속에 되살아났다. 미국 자동차 속에서 느껴지는 둥둥 떠 있거나 표류하는 기분은 예나 지금이나 다름이 없었다. 푸케는 이렇게 말했었다.

"퐁티외가의 우리집으로 한잔하러 가지 않겠어요?"

그는 지나치게 강권하는 태도로 카르멘의 어깨를 눌렀다.

"천만에, 우리집에 가는 편이 더 나을걸……" 헤이워드가 말했다.

"퐁티외가의 집에서 장 테라유와 만나기로 했는데요. 어쩌면 좋아요?"

"우리집으로 오라고 하면 되잖아." 헤이워드가 말했다

왜 갑자기 장 테라유의 이름이 내 머릿속에 되살아난 것일까? 덩치가 크고 둥근 얼굴, 밤을 새워가며 헤이워드를 따라다니다가 우연히 만나게 되었던 수많은 단역 중 하나. 뤼도 푸케 역시 그랬다. 마리오 P., 시에라 달레라는 사람. 그들이 모두 다 알고 있는, '미남 의사'라고 불렀던 의사와 결혼한, 워싱턴가 22번지의 앙드레 카르베라는 여자. 로제 파바르와 회색 눈에 주근깨가 난 그의 아내……

그날 저녁 나는 아콰 디 셀바 냄새와 카르멘의 어깨 위에 놓인 푸케의 손과, 차도를 달리는 게 아니라 물위에 떠도는 것 같은 미국 자동차의 요동 때문에 멀미가 났다. 자동차 모터 소리는 거의 들릴까 말까 했다.

"난 집에 돌아가야 해요." 내 옆에 있던 갈색 머리 여자가 말했다.

"그러지 말고 그냥 우리랑 있어." 뤼도 푸케가 말했다.

"난 일을 한다고…… 아침에 일찍 일어나야지……"

"일어날 필요 없어…… 오늘 저녁에는 잠을 자지 않을 거니까…… 너만한 나이에는 힘든 일도 아니지……"

너만한 나이에는…… 그렇다. 그들은 모두 우리보다 나이가 더 많았었다. 그리고 '아침에 일찍 일어나야지'라는 말이 그 떠도는 미국 자동차 안에서는 기이하게 울렸다. 나는 밝은 대낮에 만나는 헤이워드 부부, 푸케, 그 밖의 모든 사람을 상상하기가 어려웠다. 그들은 새벽의 첫 서광이 밝아오기만 하면 분명 자취를 감추는 것이었다. 대낮에 뭐도 푸케가 무엇을 하겠는가? 그리고 장 테라유는? 마리오 P.는? 파바르는? 그리고 회색 눈의 그의 아내는? 마치, 그 시절에 이미 그들이 유령에 지나지 않았던 것처럼, 나는 그들을 오로지 밤에만 알아볼 수 있었다.

아가씨가 한 손으로 내 무릎을 짚으면서 헤이워드를 향해 몸을 기울였다. 그녀에게서 라벤더 냄새가 났다.

"바스티유역에 좀 내려주세요. 아직은 마지막 기차를 탈 수 있을 테니까요."

"그 말 들을 것 없어, 필리프. 우리와 함께 있을 거니까……" 푸케가 말했다.

"그래…… 그래…… 우리하고 같이 있을 거야……" 카르멘이 기계적으로 되풀이했다.

그리고 내 쪽을 돌아보았다.

"아가씨보고 좀 남아 있으라고 권하지 그래…… 예쁘잖아, 안 그래? 맘에 들어?"

갈색 머리 여자는 어깨를 으쓱하며 나를 쳐다보았다.

"다음 빨간불에 차가 서거든 그때 내리면 돼요……" 내가 그녀에게 나지막이 말했다.

"아니…… 아녜요…… 그럴 수가 없어요. 저이는 진짜 사나운 남자라고요……"

그 여자는 내게 뤼도 푸케를 가리켜 보였다.

"내가 차에서 내렸다가는 나를 두들겨팰 텐데요……"

"너 지금 뭐라고 하는 거야?" 푸케가 물었다.

"아무것도 아냐."

"바보 같은 소리지…… 바보 같은 소리를 지껄이고 있는 거지……"

푸케의 손가락이 카르멘의 어깨 위에서 부드럽게 피아노를 치는 듯하다가 목으로 슬며시 올라가는 꼴을 보고 있자니 견디기가 어려웠다. 마르틴 헤이워드는 담배를 한 개비 피워 물고서 내 쪽으로 자기 얼굴을 가까이 가져왔다. 그리고 내 귀에다 대고 말했다.

"당신은 우리하고 같이 남아 있을 거지요?"

그 여자는 자기 다리를 내 다리에 바짝 밀착시켰다. 그 여자 역시 카르멘처럼 술에 취해 있었다. 뤼도 푸케도 그랬다. 오직 헤이워드만이 끝도 없는 밤 동안 말짱한 채였다. 그는 완전히 유령은 아니었다. 그는 낮에도 그만의 삶을 누리는 듯했다…… 그러나 얼마 동안이나 더 가능할 것인가?

창문 저 너머로, 테라스의 작은 등불에서 떨어지는 흰 불빛이 살롱 안쪽에 그 흐릿한 그림자를 남기고 있었다. 카르멘은 그 흐릿한 그림자 속에, 장의자에 누워 있었다. 바닥에 앉은 뤼도 푸케는 전화 수화기를 뺨과 어깨 사이에 낀 채였다.

"이상한데…… 장 테라유와 도무지 통화가 안 되네……"

"장 테라유는 가만 내버려둬." 헤이워드가 말했다.

"아녜요…… 그 친구가 재미있는 사람들을 데리고 올 수 있거든……"

"음악을 틀까요?" 마르틴 헤이워드가 물었다.

그녀는 외출복을 벗고 오렌지색 타월 가운으로 갈아입었다.

"그래요…… 음악." 푸케가 말했다. "좀 신나는 걸로요…… 여자 목소리가 좋겠어요…… 흑인이면 좋고요……"

헤이워드는 호박색 음료수를 잔에 따라 카르멘에게 그리고 뤼도 푸케, 다음엔 마르틴에게 갖다주었다. 나는 그들 세 사람이 초저녁부터 마셔댄 술의 양이 얼마나 되는지 상상하기도 어려웠다.

"이젠 가봐야겠어요." 갈색 머리 여자가 말했다.

그녀는 전화통 앞에 웅크리고 있는 뤼도 푸케 앞에 서 있었다.

푸케는 그의 잔을 단숨에 비웠다.

"그럼 꺼지라고……"

"고마워."

어쩌면 그는 일어서서 그녀의 뺨을 후려갈기려 했는지도 몰랐다. 아니었다. 그는 또다시 전화 다이얼을 돌렸다.

"너 대신 올 여자를 구하겠어. 어려운 일은 아니야…… 너 같은 계집애들은 길바닥에 널려 있다고……"

그러나 여자는 그의 말을 듣지도 않았다. 그녀는 등을 돌려 현관을 향해 걸어갔다.

저쪽 흐릿한 그림자 속에 필리프 헤이워드는 카르멘이 누워 있는 소파에 등을 기댄 채 앉아 있었고 카르멘은 한 손으로 그의 머리를 쓰다듬고 있었다.

"나도 그만 가봐야겠어요. 피곤해서……" 내가 말했다.

카르멘은 두 눈을 크게 뜨고 큰일이라도 난 듯한 표정으로 나를 쳐다보았다. 그러나 당시로서는 나도 어떻게 할 수가 없었다. 정말 어쩔 수가 없었다. 그녀는 다시 흐릿한 그림자 속으로 몸을 눕혔다. 나를 따라올 생각이 없는 것 같았다.

"그럼 집에 가서 기다려줘," 그녀가 더듬거리며 말했다. "가서 기다리라고…… 응…… 기다려줘……"

그래서 나는 방바닥에 떨어져 있던 그녀의 백을 뒤져서 절반쯤 들어찬 물건들 속에서 아파트 열쇠를 찾아야 했다.

내가 1층 마지막 계단에 이르렀을 때 불이 꺼져버렸다. 나는 더듬거리면서 출입문까지 갔다. 이내 나는 어둠 속에 누군가가 있다는 것을 느꼈다. 손으로 벽을 더듬어 조명등 스위치를 찾았다. 마침내 스위치가 손에 닿았다. 그녀가 문 앞에 서 있었다. 여자는 내게로 돌아섰다.

"아무것도 안 보여서요…… 문을 열 수가 없어서……"

우리는 둘 다 밖으로 나왔다. 건물의 뜰로 나서자 나는 고개를 들어 헤이워드의 아파트를 바라보지 않을 수 없었다. 테라스를 통해 쏟아져나오는 빛은 영화 촬영장만큼이나 주변을 환히 밝히고 있었다.

"이상한 사람들이에요." 내가 그녀에게 말했다.

"그래요, 특히 뤼도는……"

"그 사람을 안 지 오래되었나요?"

"음…… 한 달쯤 됐어요……"

우리는 라투르가를 따라 걸었다. 그녀는 갈색 머리를 어깨까지 기르고 있었고 약간 찢어진 눈은 밝은 빛이었으며 안색이 창백했다. 그 여자는 너무 큰 바바리를 입고 있어서 앞가슴께를 손으로 꼭 여며 쥐고 있었다.

"뤼도의 바바리코트예요…… 나오면서 집어들고 왔죠. 비를 맞고 싶지 않아서……"

과연 나는 그 담황색을 알아볼 수 있었다. 그녀의 짙은 갈색 머리와 대조를 이루고 있었다.

"당신은, 저 사람들과 같이 다닌 지 오래되었어요?"

"오, 나야 그냥 그 여자의 친구지요……"

"금발의 그 여자?"

"네."

우리가 아파트에 들어앉아 있는 동안 소나기가 쏟아진 모양이었다. 도로가 번들거렸다. 그래서 우리는 이따금 물웅덩이를 피해서 걸었다.

"일을 하세요?" 내가 그녀에게 물었다.

"네…… 화장품가게에서요. 퐁티외가에 있어요. 뤼도가 바로 거기서 나를 처음 본 거예요…… 그는 친구들과 함께 같은 거리에 있는 호텔에 잘 다니거든요…… '파리몽뎅' 호텔이라고 해요."

헤이워드 부부가 어느 날 밤 우리를 그곳으로 데려간 적이 있었다. 거기에서는 '만남'이 가능했다. 현관의 로비, 홀, 바 등은 녹색 불빛에 젖어 있었는데 그 때문에 모든 사람들의 얼굴이 한결 더 유령같이 보이곤 했었다. 앙드레 카르베, 베트 파바르, 시에라 달레, 그리고 목청 높은 마리오 P., 그는 배우인 롤랑 투텡의 친구라는 것이 자랑이었고, 바에 가서 십팔번으로 하는 장난은 뻣뻣하게 발기한 자기의 성기를 조그만 접시 위에 드러내놓고서 "이놈이 이십사 시간 줄곧 이렇게 뻣뻣했다"며 떠벌리는 일이었다.

"그런데 왜 계속 그 친구와 어울려 다니지요?" 내가 그녀에게 물었다.

"달리 어쩔 수가 없으니까요…… 그한테 천 프랑을 빌려 썼어요……"

그 여자는 얼굴을 들고 나를 쳐다보았다.

"공부하는 학생이세요?"

"아뇨."

뤼도의 바바리코트를 입고 있는 그녀는 매우 젊어 보였다. 굽 높은 구두를 억지로 신고서는 비틀거리며 걷는 어린 소녀만큼이나 앳돼 보였다.

"몇 살이에요?" 내가 그녀에게 물었다.

"스무 살요."

나도 그랬다. 우리는 알고 보니 하루 간격으로 태어났다. 그런 일은 흔히 있는 일이 아니다.

우리는 앙리마르탱대로를 따라가다가 다음에는 트로카데로까지 조르주망델대로를 따라갔다. 분리대의 가로수와 건물의 시커먼 철책 뒤의 나뭇잎들이 빗물에 젖어 있었다. 길모퉁이의 무너져가는 한 저택의 뜰에서 인동덩굴의 향내가 스며나왔다. 그녀는 뤼도의 코트 자락을 걷어올리고 시계를 쳐다보았다.

"아직 막차를 탈 수 있어요."

"어디 사세요?"

"생모르에요. 아세요?"

"아뇨."

파리 동쪽이라면 뱅센숲보다 멀리 가본 적이 한 번도 없었다.

"택시를 타세요. 내게 돈이 있어요……"

나는 주머니 속을 긁어냈다. 삼십 프랑이면 생모르까지 택시로 가기엔 충분할 것 같았다.

"친절하시군요. 내일 갚아드릴게요. 나를 보러 찾아오면 좋겠군요…… 오후에는 휴가거든요……"

트로카데로 정거장에는 택시가 한 대도 없었다. 우리는 알마 광장까지 걸어갔다. 카르멘이 아닌 다른 사람과 함께 그 동네를 걸어다니는 것이 이상하게 느껴졌다. 몽테뉴대로 끝에 이르자 붉은색과 검은색 칠이 된 G7 택시 한 대가 기다리고 있었다.

"사는 데가 여기서 멀어요?" 그녀가 내게 물었다.

"아뇨, 난 저기 살아요. 저기 일층에."

그러면서 나는 광장 건너편에 있는 카르멘의 아파트를 손가락질해 보였다.

"정원이 딸린 저기요?"

"네."

그녀는 뜻밖이라는 표정이었다. 그리고 택시에 올라탔다.

"내일 생모르로 날 찾아와줘요…… 우리집 주소를 드려야겠군요."

그녀는 택시 기사에게 종이와 펜을 좀 달라고 했다. 그녀는 골똘한 표정으로 무릎 위에 종이를 올려놓고 꼭꼭 눌러썼다.

"내일 만나요. 그리고 고마워요. 두시 반에 찾아와주세요. 길에서 기다려요……"

그러고는 내게 웃음을 던지고 문을 쾅 닫은 다음 내려진 창문을 통해 나를 향해, 그녀에게는 너무 큰 뤼도의 코트 자락을 흔들어 보였다.

내일 오후 두시 반에 나는 생모르의 어느 거리에서 그녀를 기다려야 한단 말인가? 나는 종이쪽지를 들여다보았다. 노르대로 30번지.

노르대로를 따라 늘어선 보리수는 바덴에 있는 리히텐탈러가의 것만큼이나 중후한 아치를 이루고 있다. 규석으로 지은 작은 별채 건물. 햇빛이 뚜렷한 그늘 윤곽을 그려 보이고 있는 큰 담. 어느 담벼락에는 라바렌 영화관의 찢어진 광고 포스터.

나는 그 길의 30번지 앞쪽의 보도 가장자리에서 기다린다. 담 너머에는 정원이 있는 듯하고 이층에 베란다가 붙은 자그마한 갈색 집이 담에 반쯤 가려져 있다. 벽 한가운데 우묵한 곳에 난 나무 대문이 열리더니 그녀가 빠끔히 열린 문 사이로 빠져나와 문을 살며시 닫는다. 그녀가 내게로 걸어온다. 그녀는 더이상 뤼도의 바바리코트가 아니라 아주 가벼운 남색 드레스를 입고 있다.

"찾는 데 힘들지 않았어요?"

“아녜요.”

“뭘 타고 왔어요?”

“기차로.”

날씨가 좋았다. 시간이 시간인지라 나는 객차 안의 유일한 승객이었다. 나는 별장 지대로 그녀를 만나러 가는 길이었다. 뢰이, 생망데. 뱅센. 비아리츠. 주앵빌르퐁. 생모르데포세. 바덴바덴.

“라바렌에 가볼까요?”

노르대로는 살짝 휘돌아 이어지다가 마른강에 이르기까지 완만한 경사를 따라 내려간다. 요즈음에도 여전히 그 경사를 따라 미끄럼을 탈 수 있을까? 아무래도 상관없는 일이다. 순례길을 찾아들듯 옛 추억을 더듬어 그곳에 다시 가볼 용기는 없다. 사실, 이제는 노르대로도, 보리수도, ‘섬들의 차고’라는 이름의 강둑 모퉁이의 자동차 정비공장도, 그 어느 것도 존재하지 않는다는 것을 나는 분명히 알고 있다.

우리는 강둑을 따라갔다. 몇백 미터를 걸어간 다음 샹피니 다리를 지나자 회색빛 건물들이 사라지고 점점 더 화려한 별채와 별장들이 나타났다.

“다 왔어요. 여기가 라바렌이에요.” 그 여자는 마치 이것이 우리 인생에 중요한 사건이라는 듯이 엄숙한 목소리로 말했다.

돌이켜 생각해보면 과연 그것이야말로 중요한 사건이었다. 내 기억을 아무리 더듬어본다 한들 그 어느 도시에 도착해 받은 인상도, 그날 오후 그녀와 함께 내가 라바렌생틸레르로 들어가면서 느꼈던 것만큼 강렬한 적이 없었다.

"이곳에 산 지 오래됐어요?"

"그럼요…… 여기서 태어난걸요."

우리는 셴비에르 다리를 건너, 마른강가로 난 좁은 길을 따라 걸었다. 초록빛으로 고인 물 위로 실버드나무가 비스듬히 서 있었다. 나룻배. 반쯤 썩어버린 거룻배. 철조망. 햇빛 아래의 개흙 냄새. 오후 해가 저물어갈 무렵의 귀로. 우리는 라바렌의 강변길을 거슬러올라온다. 그녀는 자기가 태어난 도시의 매력을 나도 느끼게 해주고 싶어한다. 별장들. 하얀 울타리. 과연 내가 아까 바스티유역에서 어딘가로 휴가를 떠나는 것 같은 기분이 들었던 것이 공연한 느낌만은 아니었다.

"이곳에 와서 휴가를 지내나요?" 내가 물었다.

"네…… 다른 데로 갈 필요가 없죠…… 저기가 유원지예요."

선착장에는 유람선들이 매여 있다. 마른강을 따라 하얀 목조선들이 늘어서 있다. 저쪽, 조그만 섬의 실버드나무 가운데 횡목이 하나 보이고, 거기에 그네와 밧줄 그리고 링이 매여 있다.

"정말 그렇군요…… 다른 데로 갈 필요가 없겠는걸요……"

어떤 거룻배에 매어놓은 부표 위에 푸른색 글자로 이런 표시가 있다. '라바렌강변 유원지'. 그 여자가 내 눈을 빤히 쳐다본다.

"여기서 방을 하나 잡으면 어떨까요?"

강둑에서 좀 안쪽으로 들어서니 두 개의 길이 교차하는 곳에 호텔이 하나 있었다. 자갈이 깔린 바닥, 술이 달린 비치파라솔과 정원용 테이블 몇 개가 놓인 테라스가 멋진 곳이었다. '르프티리츠'라는 이름이었다.

나는 잠결에 무슨 소린가를 들었다. 지금 생각해봐도 아직 그것이 전화벨소리였는지 아닌지 잘 알 수가 없다. 아니면 총소리였는지. 혹은 그 두 가지 다였는지. 나는 눈을 뜰 수가 없었다. 눈꺼풀이 너무 무겁게 느껴졌다.

누군가가 내 어깨를 흔드는 느낌이 들었다. 그래서 잠이 깼다. 기수 위렐의 얼굴이 내 위로 굽어보고 있었다. 나는 살롱의 장의자에 앉아 잠이 들었던 것이다.

"전화가 왔는데요……"

시계를 보았다. 거의 자정이 되었다. 카르멘은 동틀 무렵이 되어서야 돌아올 터였다. 그녀는 헤이워드 부부와 함께 그들 패거리 중 하나인 샤티용 뭐라고 하는 사람 집이 있는 파리 교외로 가고 없었다. 나는 너무 피곤해서 같이 갈 수가 없다고 했었다.

"전화 받으세요." 위렐이 다시 한번 말했다.

그는 앞장서서 걸어가고 있었는데, 나는 너무나도 보드랍고 가벼워 보이는 그의 비로드 실내화에서 시선을 뗄 수 없었다. 내가 꿈을 꾸고 있나 싶을 정도였다. 우리는 살롱을 지나고 또 창고로 쓰고 있는, 전등불이 눈부신 두세 개의 방을 거쳐갔다. 카르멘은 자기가 돌아올 때 아파트의 전등이란 전등은 모두 다 켜두기를 바랐다.

나는 사무실 전화 수화기를 들었다. 변해버린 그녀의 목소리를 곧 알아차릴 수 있었다. 하얗게 질린 목소리. 그녀는 지금 어디 있는가? 생모르데포세에? 아니, 파리에. 로댕가에 있는 헤이워드네 집이었다. 뭔가 심각한 일이 생긴 모양이었다. 카르멘은 그만 울음을 터뜨렸다. 나보고 당장 오라는 것이었다.

위렐은 내 앞에 뻣뻣하게 서서 싸늘한 눈초리로 나를 살폈다. 윗옷을 살롱에 벗어두고 왔기 때문에 나는 다시 그 여러 개의 방을 거쳐가면서, 다시는 이곳으로 돌아오지 못하게 되리라는, 모든 것이 이미 과거에 속해버렸다는 예감을 떨쳐버릴 수 없었다. 불안으로 인해, 내가 지금까지 보지 않으려고 했던 것이 겉으로 드러나는 것이었다. 장식 나무벽에는 금이 가서 갈라진 데가 보였고 카르멘이 그동안 하나씩 둘씩 팔아버린 그림이 걸려 있었던 자리는 그 자국이 더욱 선명했다. 샹들리에 불빛 아래 양탄자는 올이 보이도록 닳아 있었다. 그리고 카르멘은 가구와 박제가 잔뜩 쌓인 거대한 창고 한복판에서, 이 비로드 실내화를 신은 옛 마부와 함께 홀로 늙어갈 것이다. 그는 내가 어둠 속에서 지하철 정거장으로 내달을 때에도 포치 아래에서 꼼짝하지 않은 채 내 거동을 살피고만 있었다.

그녀가 아파트 문을 열어주었다. 그녀는 라바렌에서 입었던 것과 똑같은 푸른색 드레스를 입고 있었는데, 안색은 그 푸른색과 흑갈색 머리털과 묘한 대조를 이루며 창백해 보였다. 그녀는 내 팔을 잡고 살롱까지 안내했다. 살롱은 마르틴 헤이워드가 수집해둔 부채를 전시해놓은 진열장 두 개의 불빛으로만 밝혀져 있었다.

"뤼도야…… 뤼도라고……"

그는 담황색 바바리코트를 입은 채 소파 뒤켠, 진열장 발치에 누워 있었다. 세운 목깃에 가려 그의 얼굴은 반밖에 보이지 않았다. 관자놀이에 핏자국. 코트의 목깃에도 피. 길지도 짧지도 않고 몸에 꼭 맞는 바바리코트.

"내가 그랬어…… 그건…… 그게 저절로 나가버렸어……"

그녀는 내 팔을 꼭 잡은 채 눈물이 그렁그렁한 맑은 두 눈으로 나를 빤히 쳐다보았다. 그녀는 입을 다물지 못하고 있었다.

나는 소파에 앉았고 그 여자 역시 거기에 앉았다. 눈앞 방바닥에는 개머리에 자개장식이 된 작은 권총이 하나. 여자용 권총. 좀더 저쪽에는 자주색 섀미 가죽으로 된 권총집. 나는 지금까지 느껴본 일이 없는 평온한 기분이었다. 왠지 모르지만 나는 그 죽음을 완전히 실감할 수가 없었다. 뤼도 푸케…… 모든 반딧불이들이 비현실적으로 느껴지는 것처럼, 그 죽음 또한…… 나는 권총을 집어들어 권총집에 넣은 다음 똑딱단추를 채웠다. 섀미 가죽으로 된 권총집에서 마르틴 헤이워드의 좀 묵직한 향수 냄새가 번져나왔다. 권총은 그녀의 것이었던가?

진열장 중 하나, 안쪽의 것이 부서져서 유리 조각이 양탄자 위에 여기저기 흩어져 있었다.

"좀 싸웠어…… 내가 쏘지 않았더라면 그이가 나를 쐈을 거라고, 알겠지……"

그럼, 알고말고. 그녀는 내 옆에서 고개를 숙인 채 몸을 떨고 있었다. 모든 일이 그런 식으로 끝나게 되어 있었다는 것을 나는 알고 있었다.

"나하고 같이 있을 거지? 나 혼자 버려두지는 않겠지, 응?"

나는 마음이 놓였다. 카르멘, 마요, 로크루아, 뤼도 푸케, 그 밖의 모든 사람들…… 그런 식으로 계속될 수는 없는 일이었다.

타-가-다…… 타-가다…… 타가다…… 메트로놈처럼 고집스럽게 그 소리를 반복하면서 점점 빨라져가는 꿈의 속도를 다스려보려고 했던 그 가엾은 사람…… 드디어 총소리가 나고 유리 깨지는 소리가 나면서 회전목마는 멈춰버렸다. 이제 꿈에서 깨어나지 않으면 안 되는 것이다.

타임스위치가 꺼졌다. 그녀는 내 팔을 꼭 잡은 채 어둠 속에서 층계를 내려갔다. 승강기를 탈 수도 있었지만 맨 아래층 입구에서 누가 우리를 기다리고 있기라도 하면 모든 것이 끝장이었다.

밑에 내려와서 나는 타임스위치조차 누르지 않은 채 건물 출입문 개폐 버튼을 더듬더듬 찾았다. 엄지손가락으로 몇 번이나 버튼을 눌렀지만 기계장치가 말을 듣지 않았다. 그녀가 문을 앞으로 잡아당기려고 애를 써보았으나 도무지 열리지 않았다. 내가 현관 조명등 타임스위치를 작동시키자 환한 불빛이 우리 머리 위로 쏟아졌다. 나는 잠금장치의 걸쇠를 찾으려고 몸을 숙였다. 그때 내 등뒤에서 어떤 소리가 들렸다. 관리인 실의 유리문이 열렸다. 관리인이 문간에 나타났다. 중키의 갈색 머리 사내로 플란넬 바지와 줄무늬 파자마 상의를 입고 있었다.

"뭘 하고 계십니까?"

그는 거칠게 물었다. 그는 아마도 도둑 두 명을 잡았다고 생각한 모양이었다. 머릿속에 문득 어떤 생각이 스치고 지나갔다. 우리의 태도 때문에 그렇게 짐작한 듯하지만 우리는 도둑이 아니었다. 그보다도 훨씬 더 심각한 상황이었다.

“문이 말을 듣지 않아서요.” 내가 더듬거리며 말했다.

“알아요.”

그가 우리 쪽으로 다가왔다. 그는 우리 두 사람을 하나씩 하나씩 노려보았다.

“어느 댁에 계시다 나오는 길이지요?”

“헤이워드 씨 댁에서요.”

“그분 어제부터 댁에 안 계신 줄 알았는데……”

그녀는 창백했다. 그리고 내 팔을 꽉 잡았다. 금방 기절이라도 할 것 같았다.

“그분이 우리를 집으로 초대했어요……”

“초대를 했어요?”

“네.”

그는 여전히 자그마한 검은 눈으로 우리를 뚫어져라 쳐다보고 있었다.

“그럼, 헤이워드 씨가 초대한 분들이라니까……”

그는 이 말을 냉소적이고 멸시가 섞인 어조로 발음했다. 헤이워드 부부를 그다지 좋아하지 않는 모양이었다. 그들 집에 사람들이 너무 자주 드나들기 때문인 듯도 했다.

그는 건물 출입문 쪽으로 갔다. 한순간 나는 그가 우리 앞에 딱 버티고 서서 나가지 못하게 막는 것은 아닐까 걱정이 됐다. 그런데 그게 아니었다. 그는 우리에게 시선을 떼지 않은 채 걸쇠를 잡아당겼다.

그는 문을 빠끔히 열었다. 우리는 좁은 틈으로 간신히 빠져나가야 했다. 그 열린 틈으로 한 사람 한 사람씩 차례로 빠져나가기 전에 그는 마지막으로 우리를 노려보았다. 어찌나 집요하게 쳐다보는지 그가 자신의 기억 속에 우리의 얼굴 생김새를 최대한 정확하게 새겨두려고 한다는 생각이 들었다. 그렇다, 그는 총소리를 들은 게 분명했다.

그녀는 내 팔에 매달려 이따금 신경질적으로 몸을 떨었다. 우리는 트로카데로광장을 한 바퀴 돌았다. 아직 열려 있는 카페에 들어가 우리는 테라스에 놓인 탁자 중 하나를 골라 앉았다. 저쪽 샤요극장에서 사람들이 무리를 지어 나오더니 우리 쪽으로 걸어왔다. 그들 역시 무슨 말인가를 떠들썩하게 주고받으며 옆 탁자에 앉았다. 관광버스가 광장가에서 번쩍거리고 있었다.

나는 키르를 두 잔 시켰다. 그리고 또 두 잔. 그리고 또다시 두 잔. 그녀는 아까보다 창백한 기운이 조금 가셨고 몸도 떨지 않았다. 나는 마음을 가라앉히려고 애를 썼다. 아직은 숨 돌릴 시간이 좀더 있었다. 아무도 유월의 어느 토요일 저녁의 카페테라스에서, 공연을 보고 나온 사람들과 관광객들 속에 섞여 있는 우리를 찾아내지는 못할 것이다. 그러나 어디에서 밤을 지새운다? 카페를 떠나면서 나는 왼편에 레몽푸앵카레대로의 초입에 있는 검은색 호텔 표지판을 눈여겨보았다. 검은 간판에는 호텔 말라코프라는 금빛 글자가 반짝이고 있었다.

프런트의 야간 당번 관리인은 신분증을 요구하지 않고 숙박계 용지를 하나 내밀었다. 나는 그 사람 앞에서 머뭇거리는 인상을 주고 싶지 않았다. 그래서 나는 내 실제 이름을 썼다. 장 데케르, 그리고 실제 생년월일 1945년 7월 25일. 심지어 출생지까지 정확하게 기입했다. 불로뉴비양쿠르. 현주소를 적는 칸에 이르자 나는 잠시 허를 찔린 기분이 들었다. 그러다 이내 파리 제16구 로댕대로 2번지라고 적었다. 그러나 지금 생각해보면 내가 고의로 그렇게 한 것이 아닌가 하는 느낌이 든다.

새벽이 되자 그녀는 마침내 잠이 들었다. 그녀는 머리맡의 등은 그대로 켜두어달라고 했다. 그녀의 왼쪽 빰이 베개에 묻혀 있었고 자신을 보호하려는 듯이 왼쪽 팔을 구부린 채 어깨를 꼭 감싸쥐고 있었다. 나는 그녀의 얼굴을 잊어버리지 않기 위해 오랫동안 그녀의 모습을 응시했다. 스무 살쯤 먹은 젊은 여자. 중키. 갈색 머리. 라벤더 냄새. 지금까지도 그녀의 신분은 밝혀지지 않았다.

나는 램프를 껐다. 구두를 손에 든 채 발끝으로 살금살금 걸어서 방밖으로 빠져나갔다. 그리고 등뒤로 살며시 문을 닫고 복도로 나와 구두끈을 맸다.

트로카데로광장으로 나설 때 해가 떠오르고 있었다. 여름이 시작되고 있었다. 한순간 나는 샤요궁의 광장을 가로질러 저 아래의 에펠탑과 나뭇잎과 지붕과 센강과 다리를 마지막으로 한번 바라보고 싶은 충동을 느꼈다.

그러나 안 될 일이다. 경찰이 호텔 숙박계를 뒤져 찾아낼 그 장 데케르에게는 이제 다시 이곳에 설 자리가 없는 것이다. 나는 과거의 나를 등뒤에 남겨둔 채, 유년 시절과 소년기와 청년기의 처음 몇 해를 보냈던 파리를 가능한 한 신속히 떠나지 않으면 안 되었다. 인생의 어느 시점에 이르면—나는 자위하기 위하여 혼자서 이렇게 말했다—사람은 그 자리를 떠나 새 사람이 되어야 하는 법.

내가 여기까지 막 쓰고 있는데 로크루아의 집무실에 전화벨이 울렸다.

"여보세요, 장…… 나 기타예요. 어떻게 지내세요?"

"아주…… 잘 지내요, 기타."

"목소리가 이상하게 들려요. 내가 잠을 깨운 거 아녜요?"

"아녜요, 아녜요, 기타…… 전혀……"

"난 모레 파리로 돌아가요. 당신을 다시 만나게 되어 좋았어요. 아파트에는 별일 없어요?"

"네. 고마운 말씀을 뭐라고 드려야 할지 모르겠어요."

"무슨 말씀을, 장."

"이번 주말에 가족들이 있는 클로스터스로 가요."

"유감인데요. 파리에 좀더 오래 머무르시면 좋을걸…… 하여간 모레 만나요……"

"물론이죠, 기타."

나는 숨을 한 번 내쉬었다.

"저, 기타……"

"네?"

"과거를 들추어낸다고 또 나무라시겠지만…… 그 자취를 다시 찾아내자면 어떻게 해야 하죠?"

"무슨 자취를요?"

"아네요, 기타…… 이십 년 전의 그 모든 일들이 북받쳐올라서……"

"그건 건강에 해로워요 장……"

잠시 침묵이 흘렀다.

"드 로크루아의 서류 뭉치에서 흥미로운 걸 찾지 못했나요?"

"아니 있긴 있었지만……"

"이봐요 장, 드 로크루아가 항상 나한테 뭐라고 말했는지 알아요?"

"아뇨."

"그이는 나보고 늘 전화번호부를 보면 원하는 건 뭐든지 있다고 했어요. 다만 그걸 보는 방법만 안다면 말이에요."

나는 내 옛날 수첩 갈피에 들어 있던, 그녀가 생모르의 집주소를 적어주었던 그 종이쪽지에서 그녀의 이름을 찾아냈다. 그런데 똑같은 이름이 전화번호부에 나와 있다. 제19구, 세뤼리에대로 76번지, 208-76-68번. 그 이름은 하나밖에 없다. 정말이지 로크루아의 말이 맞았다. 그는 인생이 뭔지를 아는 사람이었다.

아침 아홉시. 구름 한 점 없는 하늘에 해가 빛나고 있지만 공기가 아직까지 숨막힐 정도는 아니었다. 더운 김도 서리지 않았다. 세뤼리에대로 76번지의 덩치 큰 붉은 벽돌 건물이 공원의 녹색을 배경으로 그 윤곽을 뚜렷하게 드러내고, 공원의 잔디밭은 외곽도로 방면으로 경사를 이루고 있다.

세뤼리에대로 저멀리에 카페 하나가 열려 있다. 나는 208-76-68번으로 벌써 다섯번째 다이얼을 돌린다. 아무도 받지 않는다. 대로에는 인적이 없다. 저쪽 교외로는 황갈색 건물이—아마도 교회인 듯하다—공터 한가운데에 우뚝 서 있다. 나는 세뤼리에대로의 경사 끝 지점에 있는 벤치에 앉는다. 마요의 말이 생각난다. '오르막은 힘이 들 거요. 하지만 그다음은 두고 봐요…… 내려갈 때는 아주 신명날 테니……' 카르노대로. 아나톨드라포르주가. 라르크드트리옹프가, 마크마옹대로. 세뤼리에대로. 노르대로 역시 완만한 경사를 이루고 있었지. 마른강까지.

그런데 마침 손에 트렁크를 들고 세뤼리에대로의 경사를 따라 내려오고 있는 어떤 실루엣 하나가 보인다. 양철로 된 트렁크에 빛이 반사되어 나는 눈을 깜빡인다. 허깨비일까? 실루엣이 차츰차츰 가까워진다. 그 여자다. 그 나른한 걸음걸이를 나는 알아볼 수 있다. 바바리코트를 입고 있지만 뤼도의 코트는 아니다. 이번 것은 훨씬 짙은 색깔이다. 에메랄드빛 녹색.

그 여자가 나 있는 곳만큼 왔을 때 나는 자리에서 일어난다. 햇빛과 침묵만이 짓누르고 있는 이 호젓한 대로 위에 오직 우리 두 사람뿐이다. 나는 그녀의 트렁크를 들어주겠다고 말한다.

"고마워요."

"휴가에서 돌아오는 길인가요?"

"네. 정말 불편해요. 지하철 정거장이 집에서 너무 멀어요."

우리는 세뤼리에대로 76번지 벽돌 건물을 향하여 나란히 걸어간다. 우리는 아무 말도 하지 않는다. 벌써 더워지기 시작한다. 그런데도 그녀는 코트를 입은 채다. 그녀는 이십 년 동안 많이 변하지 않았다. 똑같은 흑갈색 머리, 그러나 약간 더 짧게 잘랐다. 푸른색 눈. 중키. 창백한 안색……

"어디서 오는 길인가요?"

"남프랑스에서요."

"남프랑스에서 돌아오는 사람치고는 그다지 타지 않았군요."

그녀는 그보다도 훨씬 더 먼 곳에서 돌아오고 있다. 카르멘. 로크루아. 라바렌생틸레르. 파리. 그 모든 경사진 길…… 그녀의 트렁크는 무겁지 않다. 나는 그녀를 슬쩍 훔쳐본다. 이마에 커다란 상처 자국이 보인다. 어쩌면 시간의 흔적인지도 모른다. 아니면 삶에 대한 기억을 모두 상실하게 만든 저 우발적 사고 중 하나가 남겨놓은 흔적인지도 모른다. 나 역시 오늘부터는 아무것도 기억하고 싶지 않다.

옮긴이의 말

밤의 어둠 저편에 떠오르는 성城

인상주의 화풍의 모디아노 소설

파트릭 모디아노의 소설은 인상주의 화가들의 그림과 닮은 데가 있다. 그 양자의 닮음은 직접적으로 우리에게 느껴지는 것이 아니라 그 원리의 닮음이다. 설명하면 다음과 같다. 인상주의 화파 이전의 화가들에게 빛은 사물과 세계를 드러내 보여주는 수단으로서 보조적 역할을 맡는 데 그쳤다. 다시 말해서 인간, 사물, 형태 등 그림의 주제를 구성하는 주인 곁에서 시중을 드는 하인과 같은 것이 빛이었다. 그러나 인상주의와 더불어 빛의 역할이 점점 더 중요해지면서 마침내 하인이 주인의 자리를 차지하기에 이르렀다. 인간, 사물, 형태가 이번에는 빛을 드러내 보이는 수단으로 변해버린 것이다. 루앙의 대사원이나 밀짚가리와 같은 대상을 각기 다른 시간에 반복하여 그린다는 행위는 동일한 대상을 통하여 항상 변하는 빛 그 자체를 그리는 것을 의미한다.

인상주의자들의 빛에 해당하는 것이 파트릭 모디아노에게는 시간과 공간이다. 다른 소설가, 특히 사실적인 이야기를 흥미롭고 감동적으로 구성하여 들려주는 소설가들에게도 시간과 공간은 물론 소설의 중요한 요소임이 틀림없지만, 그것은 아무래도 인간의 행동이나 인간과 인간 사이의 관계를 드러내 보여주는 틀이요 배경, 즉 어느 정도 부차적인 성격을 지니는 것이라고 볼 수 있다.

그러나 파트릭 모디아노의 소설을 읽어보면 인간들의 행위는 오히려 흘러가는 시간, 즉 삶을 무너뜨려버리고 덧없이 지워버리는 그 힘을 드러내 보이는 수단으로서 그려지고 있는 듯한 느낌을 준다. 인간의 사랑, 증오, 사람과 사람의 만남, 웃음, 눈물, 요컨대 인간의 삶은 오로지 그것을 담는 그릇, 즉 공간의 저 영원하면서도 무심한 실체를 드러내는 데 도움을 줄 뿐이라는 다소 적막한 감회를 불러일으키는 것이 모디아노의 소설이다. 그의 작품 속에서 만나는 시간과 공간의 중요성은 그 속에 등장하는 수많은, 그리고 항상 흐릿하게 지워져가고 있는 인간들의 실루엣에 비해 언제나 압도적인 힘을 행사한다.

모디아노는 어떤 장소의 형언하기 어려운 분위기를 살려내는 천재다. 그래서 그 어느 작가보다도 모디아노의 작품을 읽을 때 우리는 곧바로 어떤 '세계'를 떠올리게 된다. 그 세계는 이제 모디아노의 마크가 찍힌 독특한 세계다. 왜냐하면 그것은 모디아노 특유의 나직하고 억제된 슬픔의 목소리가 만들어낸 세계이기 때문이다. 여기 소개하는 소설 『잃어버린 거리』에서 우리가 만나게 되는 세계는 그의 다른 여러 작품들 속에서도 자주 등장하는 도시 파리다. 그의 작품 속에서 파리는 사건이 벌어지는 무대나 배경이라기보다는 그 자체가 우리에게 직접적인 감동을 불러일으키는 강력한 주인공이라 할 수 있다.

잃어버린 '나'를 찾는 먼 여행

이 소설 속에 등장하는 파리는 이십 년 전 이제 막 인생의 꿈 많은 출발점에 서 있던 프랑스 청년 장 데케르에 의하여 체험된 공간인 동시에 이십 년이 지나 지금은 영국 국적을 가진 소설가 앰브로즈 가이즈가 만나게 되는 낯선 추체험追體驗의 공간이기도 하다.

사실 과거의 프랑스 청년 장 데케르와 현재의 영국 작가 앰브로즈 가이즈는 동일 인물이다. 즉 이십 년 전에 이 작가는 프랑스인이었으며 장 데케르라 불렸다. 그런데 그는 어떤 사건을 계기로 영원히 프랑스를 떠나지 않을 수 없게 되었고 그후 앰브로즈 가이즈라는 이름으로 영국 국적을 취득하고 시리즈 소설을 써서 유명한 작가가 된 것이다. 이제 그는 한 일본 출판업자를 만나 계약을 체결하기 위해 이십 년 만에 파리에 돌아왔다. 그러나 이십 년 전의 장 데케르는 과연 오늘의 내레이터인 앰브로즈 가이즈와 같은 인물일까? 이런 질문은 탐정소설적인 동시에 형이상학적인 질문이다.

모디아노의 소설은 초기작에서부터 오늘날의 작품에 이르기까지 한결같이 '아이덴티티'에 깊은 관심을 나타낸다. '나'의 정체를 묻는 집요한 이 질문은 탐정소설적인 흥미를 불러일으킴으로써 독자의 관심을 끝까지 잡아두는 기능을 하는 동시에 소설이 지나치게 직접적으로 형이상학적인 성격을 드러내지 않도록 도와준다. 그러나 궁극적으로 『잃어버린 거리』는 모디아노의 다른 많은 소설의 경우와 마찬가지로 '나'의 아이덴티티에 대한 절망적인 탐구다. '절망적'이라 함은 반성의 주체로서의 '나'와 반성의 객체로서의 '나' 사이의 필연적인 일탈, 괴리 관계를 이끌고야 마는 시간의 파괴력을 뜻한다. 어제의 나와 오늘의 나는 과연 동일한 존재인가? 이십 년 전의 장 데케르와 오늘의 앰브로즈 가이즈는 과연 같은 존재인가? 이십 년 전이나 오늘이나 동일한 공간인 파리에서 앰브로즈 가이즈는 문득 장 데케르의 모습을 추적하기 시작한다. 이 추적은 과연 가능한 것일까? 현재와 과거 사이에 가로놓여 있는 그 현기증나는 거리를 내레이터는 "갑작스럽게 우물 밑바닥이나 에어포켓 속으로 빠져내려가는 기분"(60쪽)이라고 표현하고 있다.

공간을 통한 시간의 인식

여기서 매우 흥미롭게 느껴지는 사실은 시간의 공간적인 파악 방식이다. 우리는 순수한 시간 그 자체를 인식할 수 없다. 우리가 시간의 흐름을 파악하는 것은 공간에 끼친 시간의 영향 관계, 시간이 파괴해놓은 폐허를 통해서다. 공간의 틀을 통해서만 비로소 우리는 시간을 인식하는 것이다. '우물 밑바닥'이라든가 '에어포켓' 같은 표현은 공간의 좌표로 번역해놓은 시간의 모습이다. 현재에서 과거로 되돌아가보려는 노력을 내레이터는 낙하산을 타고 고공에서 지상으로 뛰어내리는 행위에 비교하고 있다. 여기서 시간은 분명하게 공간의 모습으로 번역되어 있는 것이다.

> 지난 이십 년 동안 몸을 파묻어 감춰왔던 영국 작가라는 두꺼운 갑옷을 천천히 벗기 시작했다. 꼼짝 말 것. 낙하산을 타고 뛰어내리듯 오랜 세월의 층을 거쳐 마침내 낙하가 완료되기를 기다릴 것. 옛 파리에 다시 착지할 것. 폐허를 찾아 살펴보고 거기에서 자신의 자취를 발견하도록 노력할 것.(35쪽)

이처럼 공간의 개념은 손으로 만질 수도 없고 눈으로 볼 수도 없고 냄새를 맡을 수도 없는 시간을 인지하는 데 매우 유용한 은유적 틀이 되어줄 수 있다. 내레이터인 앰브로즈 가이즈가 일본인 출판업자 다쓰케와 만나는 콩코르드 호텔 십팔층 식당에는 창가에 "관광지에서 흔히 볼 수 있는 삼각대로 받쳐진" 망원경이 설치되어 있다. 내레이터는 이십 년 만에 청춘 시절의 도시였던 파리에 돌아와 그 높은 빌딩 꼭대기로부터 밤의 도시를 내려다본다. "나는 망원경을 밀어놓고 유리창 너머로 파리 시가를 응시했다. 도시가 돌연 망원경으로 관찰한 어떤 별만큼이나 멀게 느껴졌다."(21~22쪽) 내레이터의 눈에 비친 '어떤 별' 같은 거리감은 공간적 거리감인 동시에 그의 현재와 과거 사이에 가로놓인 시간적 거리감이기도 하다.

이렇게 하여 이 소설 속에 등장하는 인상 깊은 도시 파리는 흘러간 시간의 깊이를 헤아리게 하는 공간적 형식 같은 것이 된다.

파리는 우선 밖으로부터 접근되는 대상이다. 이 소설에는 내레이터가 밖으로부터 파리로 들어오는 두 개의 장면이 강하게 조명되고 있다. 하나는 이십 년 전 청년 장 데케르가 카르멘의 짐을 싣고 파리로 들어오는 장면이고, 다른 하나는 소설의 초입에서 내레이터인 앰브로즈 가이즈가 공항을 거쳐 택시를 타고 파리로 들어오는 장면이다.

이방인으로 변한 '나'의 눈에 파리라는 도시는 적막한 일요일이다. 아, 파리에서 7, 8월의 뜨거운 한여름을 보내본 사람은 안다. 한여름의 파리는 일 년 중 다른 시기의 파리와는 전혀 다른 도시라는 것을. "대로에는 7월의 햇빛이 쏟아질 뿐 인적이 없다. 혹시 폭격을 맞고 주민들이 모두 다 흩어져 떠나고 난 유령 도시를 통과하고 있는 것이 아닌가 하는 생각이 들었다. 어쩌면 건물 벽 뒤에는 무너져버린 폐허가 숨어 있는 것이 아닐까?"(10쪽) 이것은 모디아노의 과장된 문학적 표현이 아니다. 여름이 되면 그 도시에서 살고 있던 파리 사람들은 모두 바캉스를 떠나버리고 그 대신 외국인들이 떼 지어 찾아든다. 이 소설 속에 등장하는 줄기차게 쏟아지는 햇빛과 더위와 땀 그리고 집요한 침묵은 한여름의 파리를 아는 사람들에게 더욱 미묘한 감동을 불러일으킨다.

햇빛과 더위와 침묵, 그리고 도처에서 마주치는 관광버스와 낯선 언어를 사용하는 관광객들—이것이 이 소설 속에 등장하는 파리를 특징짓는 항구적 요소들이다. 다시 말해서 여기서의 파리는 삶을 통해 생성된 공간이 아니라 우리들의 밖에, 그것 자체로서만 동질성을 갖춘 채 닫힌 공간이란 뜻이다. 오늘의 앰브로즈 가이즈에게 파리는 더위와 침묵만이 가득한 빈 그릇과도 같은 것이다. 이 빈 곳의 저 눈에 보이지 않는 바닥에, 시간의 두꺼운 층을 벗겨내면, 청춘의 소용돌이치는 또하나의 공간이 살아 움직이고 있다는 것이 가능한 일일까?

과거를 환기시키는 고유명사들

우선 '빈 그릇'으로서의 파리를 구성하는 중요한 요소들 중 하나가 모디아노의 소설에 수없이 등장하는 길 이름과 저택, 식당, 카페들의 이름이다. 샹페레 시문, 카스틸리온가, 비뇽가, 트루아용가, 세즈가, 말제르브대로, 쿠르셀가, 몽소공원, 윌슨 대통령 대로, 갈리에라 저택, 피에르프르미에드세르비대로, 칼라바도스, 레제타쥐니광장, 몽테뉴대로, 롱푸앵, 마티뇽대로, 알마광장, 장구종가, 알베르 1세 산책로, 라렌 산책로, 리볼리가, 알렉상드르 3세 다리……

이 수많은 길 이름과 저택, 다리의 이름들은 그저 파리라는

'빈 그릇'을 구성하는 무의미한 요소일 뿐일까? 그렇지 않다. 오히려 그 반대다. 모디아노는 파리를 구성하는 수많은 도로명의 고유명사들이 지닌 그것들 특유의 환기력과 그 속에 함축된 역사적·공간적 정서의 힘을 익히 잘 알고 있는 작가다. 아마도 소설의 무대가 파리가 아닌 다른 도시였을 경우에는 그 효과가 전혀 다를지도 모른다.

해묵은 도시, 파리 사람들만이 아니라 모든 사람들의 도시. 파리 특유의 기이한 공간적 정서가 소설이라는 허구적 공간을 벗어나서 독자 저마다의 개인적인 기억 속으로 스며들게 된다. 가령 "조르주 5세 대로. 알마광장. 나는 미처 장구종가 쪽 창문을 바라볼 시간이 없었다. 보이는 것은 오직 아파트 앞 조그만 정원을 에워싸고 있는 철책뿐이었다. 불빛이 전혀 없었다. 카르멘은 벌써 오래전에 그곳을 떠난 것이 분명했다. 그녀는 어떻게 되었을까?"(96쪽) 이런 대목을 읽다보면 문득 가슴 한구석이 저며온다. 물론 지극히 개인적인 추억 때문이다. 그러나 그것 이상이다. 알마광장에 있는 카페 '프랑시스네'에서 건너다보이는 장구종가의 그 작은 공원의 모습을 나는 잊지 못한다. 그러나 그것 이상의 여운이 그 이름 근처에 떠 있다. '그녀는 어떻게 되었을까?' 이런 한마디도 문득 우리의 가슴을 흔들어놓는다. 이것은 개인적이고 구체적인 어떤 추억 이상의 환기 작용이다. 파트릭 모디아노는 그저 파리의 어떤 거리 이름을 그렇게 발음하기만 하면 무표정한 고유명사가 독자의 정서에 의해 돌연 살아 움직이는 공간으로 변한다는 것을 알고 있는 작가다.

어찌 그것이 파리의 경우뿐이랴. 수십 년 전에 헤어졌던 어린 시절의 친구가 오랜만에 귀국하여 자기집으로 오란다. 전화로 자기집의 위치를 알려준다. 어린 시절에 자주 드나들어 익히 알고 있는 그 자그만 한옥에 그의 부모가 여전히 살고 계시다고 한다. '그렇지. 국민학교 뒷담을 끼고 돌다가 느티나무 큰 것이 하나 서 있잖아? 그 왼쪽에 항상 공터로 남아 있던 더러운 채마밭 생각나? 거기다 항상 연탄재를 내다버리곤 했지. 옳지, 그래. 지금은 흰색 타일을 바른 6층 빌딩이 들어섰어. 그 빌딩을 지나 셋째 골목…… 그렇지. 맨날 누런 똥개가, 말만한 똥개가 지키고 서서 반갑다고 꼬리를 쳐대던 그 쌀집이 나오지, 그래그래, 물론 개는 죽었겠지. 그게 벌써 언젠데, 그 쌀집……? 지금은 쌀집은 아니지만 집은 그대로 있어……' 이렇게 전화를 주고받는 두 사람의 머릿속에 고스란히 떠 있는 삼십 년 전의 공간—전화를 끊고 나면 폭삭 주저앉는 그 공간의 마력을 아는 사람은 파트릭 모디아노가 어떤 힘에 의존하고 있는지를 깨닫는다.

다른 저 무심한 관광객들처럼 이십 년 만에 다시 와본 도시에서 '나' 역시 이제는 이방인이다. "이곳과 나를 이어주는 것은 이제 아무것도 없었다. 나의 삶은 이제 이 거리에도, 건물의 벽에도 새겨져 있지 않았다"(55쪽)고 앰브로즈 가이즈는 술회한다. 그러나 정말 그럴까?

무너져버린 듯한 과거의 공간

공간은 그냥 그렇게 물리적으로 존재하는 실체가 아니라 인간의 구체적인 삶에 의해 만들어지는 실체다. 또한 공간은 그 공간을 함께 체험한 사람들의 집단적 기억의 형태로 되살아날 수 있다. 공간을 살아 있는 실체로 만들어주던 사람들—그들을 매개로 우리는 이미 무너져버린 듯한 과거의 공간을 다시 엿볼 수 있게 된다.

그리하여 이 소설에는 수많은 도로명들 못지않게 다양한 과거의 인물들이 빈 그릇 같은 저 공간의 어둠 속에서 유령처럼 떠오른다. 마리오 P., 시에라 달레, 뤼도 푸케, 파바르, 앙드레 카르베, 카르멘 블랭, 조르주 블랭, 뤼비로자, 기타 바티에, 조르주 마요, 탱탱 카르팡티에리…… 이 수많은 이름들은 다른 여느 소설들에 등장하는 인물과는 다르다. 이들은 그들끼리 어떤 관계를 맺고 어떤 사건에 개입되고 그 결말이 독자들의 관심을 불러일으키는 그런 현실성과 박진감을 자아내지 못한다. 그들은 다만 과거의 어둠 속에서 문득 떠올랐다가 사라지는 얼굴들일 뿐이다. 그들은 과거라는 심연 속에 잠겨 있다. 마치 어둠 속에서 성냥불을 켜면 문득 나타나는 어떤 얼굴. 성냥불이 다 타서 꺼지고 나면 그와 더불어 다시 어둠 속으로 가라앉아버리는 얼굴. 또다시 성냥 한 개비를 켜면 또다른 얼굴, 그 성냥불이 꺼지면 또다시 어둠.

이들은 마치 어느 화려한 야회에서 서로 만난 사람들과도 같다. 서로서로 처음 만난 얼굴이 대부분이고 더러 이름을 소개받은 사람도 있다. 술잔을 들고 이곳저곳으로 옮겨다니며 두셋이 둘러서서 미소 지으며 더러는 가벼운 이야기를, 더러는 무거운 이야기를, 그러나 예절바르고 상냥하게 주고받는다. 그리고 다시 다른 그룹으로 옮겨가며 또 상냥하게 웃는다. "공항에서 듣게 되곤 하는" 나직한 음악이 실내에 흘러 퍼지고 샹들리에 불빛이 빛난다. 이 파티에 모인 사람들도 문득 어떤 빛나는 공간을 만들어낼 수 있다. 그러나 악수를 하고 외투를 찾아 입고 문밖을 나서면 그 공동의 공간은 주저앉아버린다.

무너져버린 공간을 다시 떠오르게 하는 요소는 길 이름, 사람 이름만이 아니다. 그 이름만 들어도 이제는 사라져버리고 없는 어떤 시절이 고궁처럼 덩그렇게 되살아날 것 같은 옛 노래 이름, '포르투갈의 4월'…… 혹은 이제는 찾아볼 수 없는 자동차 이름,

흰색 란차 플라미니아, 검은색 프레가트 자동차, "옛날 갱영화에서처럼 쾅 하고 동시에" 문이 닫히는 검은색 리무진…… 혹은 바라빌 마장에서 키우던 아름다운 경마의 이름…… 이 모든 고유명사는 소설의 도처에서 나타났다 사라지고 사라졌다 다시 나타나면서 옛 노래의 후렴처럼 반복된다.

꿈의 공간으로 되살아나는 옛 노래

파트릭 모디아노의 모든 소설은 재미있는 사건과 행동으로 짜인 서사적 이야기라기보다는 나직하고 끊어져 쉬는 데가 많은 옛 노래, 지금은 다 잊은 줄 알았다가도 다시 들으면 가슴속 저 깊은 곳에서 마음의 현이 오래오래 진동하는, 그런 노래와도 같다. 그런 노래의 후렴처럼 사람들의 이름, 거리의 이름, 말 이름, 자동차 이름, 노래 제목 그리고 수많은 옛날의 전화번호가 반복된다. 이 반복되는 소리는 우리 영혼의 주름 주름에 은연중 살며시, 그러나 깊숙이 스며들어 떨린다. 그 떨림이 만들어내는 아름답고 슬픈 공간이 바로 모디아노의 소설이다.

밤이 되면 파리의 특정한 구역의 늘 같은 길을 끝없이 돌고 있는 하얀 란차 자동차 또한 어떤 슬픈 노래의 후렴 같은 것이다. "우리는 탐정놀이를 다시 시작했다. 또다른 자동차가 머지않아 우리를 뒤쫓아올 것이다. 그다음에는 두번째 자동차가, 다음에는 세번째 자동차가. 그렇다, 영문 모를 장례식이나 순례를 위한 행렬이 하나 만들어질 것이다."(94~95쪽)

불을 끄고 어둠 속의 침대에 누워 두 눈을 감으면 "머릿속에서 하얀 자동차 한 대가 끊임없이 달린다. 컴컴한 거리와 건물을 따라 그렇게 하얗게."(111쪽) 그 자동차는 왜 그렇게 달리고 있는 것일까. 단 한 번도 코스를 바꾸는 일 없이, 시간이 늦지도 빠르지도 않게, 왜 하얀 란차 자동차는 어둠 속에서 돌고 또 도는 것일까? 그것은 아마도 '카르멘의 시절', 저마다의 심장의 고동과 일치하던 그 도시를 되살려내고자 하는 어떤 절망적인 의식인지도 모른다.

우리가 안간힘을 써가며 소생시키고자 하는 공간은 그냥 과거의 공간이 아니라 항상 빛나는 '청춘의 공간'이다. 하얀 자동차 한 대가 언제나 같은 코스로 돌고 또 도는 그 어둠은 아마도 청춘의 공간과 현재 사이에 가로놓여 있는 저 건너뛸 수 없는 깊은 어둠일 것이다. 그 어둠 저편에 떠오르는 청춘의 성城은 꿈일까 반딧불일까?

그리고 '아침에 일찍 일어나야지'라는 말이 그 떠도는 미국 자동차 안에서는 기이하게 울렸다. 나는 밝은 대낮에 만나는 헤이워드 부부, 푸케, 그 밖의 모든 사람을 상상하기가 어려웠다. 그들은 새벽의 첫 서광이 밝아오기만 하면 분명 자취를 감추는 것이었다. 대낮에 뭐도 푸케가 무엇을 하겠는가? 그리고 장 테라유는? 그리고 마리오 P.는? 파바르는? 그리고 회색 눈의 그의 아내는? 마치, 그 시절에 이미 그들이 유령에 지나지 않았던 것처럼, 나는 그들을 오로지 밤에만 알아볼 수 있었다.(213~214쪽)

그 모든 반딧벌레와 그 모든 빛나는 벌레들의 공간은 새벽이 오면 홀연히 사라져버린다. 모든 아름다운 밤이 그렇듯이, 모든 빛나는 청춘이 그러하듯이 아니 역설적으로 말해서 청춘은 그렇게 돌연 찾아오는 끝이 만들어내는 통일성의 공간인지도 모른다. 그런 식으로 계속될 수는 없는 일이었다. 타-가-다, 타-가-다. 메트로놈처럼 그 소리를 반복하면서 모디아노는 총소리의 저 건너편, 유리 깨지는 소리, 기억상실과 전쟁과 잃어버린 호적부와 죽음 저 건너편 꿈의 공간을 더욱 빛나는 반딧불로 비추고자 하는 것이다.

여기 우리말로 옮긴 책은 갈리마르 출판사에서 나온 파트릭 모디아노의 『잃어버린 거리*Quartier perdu*』(1984)의 완역이다.

『잃어버린 거리』의 새 번역을 내면서

1984년에 나는 다시 파리에서 일 년을 지내게 되었다. 베르톨루치 감독의 유명한 영화 〈파리에서의 마지막 탱고〉 첫 장면에 등장하는 전동차가 비라캠 다리 위로 센강을 건너 파시역으로 들어가는 광경이 내다보이는 그르넬강변길에 집을 얻어 살았다. 『잃어버린 거리』는 바로 그 1984년에 발표된 작품이다. 나는 발표되는 즉시 그 작품을 읽었고 한가한 시간이면 그 작품의 배경이 된 파리 거리를 하릴없이 서성거리기를 좋아했었다.

내가 외환은행 파리 지점에 개인 구좌를 연 것도 바로 그때였다. 그 구좌 덕분에 나는 오랜 세월 동안 서울에 앉아서도 프랑스의 신문 잡지 구독료를 낼 수 있었고 프랑스 서점에 서적 구매 대금을 수표로 지불할 수 있었다. 그러나 비자나 마스터 카드가 일상화되고 나서부터 은행 수표를 사용하는 일은 아주 드물어졌다. 그래도 게으름 때문에 구좌를 폐쇄하지 않은 채 빈약한 잔고를 남겨두었더니 며칠 전 연간 수수료를 무려 37.35유로나 징수한다는 통지서가 날아왔다. 무려 삼십삼 년 동안 지녀왔던 그 구좌를 영원히 닫아야 할 때가 된 것 같다. 『잃어버린 거리』의 번역을 수정하는 동안 나는 몇 번이나 외환은행 파리 지점을 드나들던 그 시절을 머리에 떠올리지 않을 수 없었다. 당시 그 은행 파리

지점은 몽테뉴대로 27-19번지 3층에 위치하고 있었다. 나는 수표책을 받거나 현금을 인출하기 위하여 그 은행에 들르는 날이면 알마광장 쪽으로 되짚어 나와서 지하철 입구로 들어가기 전에 길모퉁이의 유명한 카페 '프랑시스네Chez Francis' 테라스에 앉아 차를 마시며 신문을 읽거나 길 건너편 모퉁이 장구종가 입구의 작은 공원과 철책을 바라보곤 했다. 소설 속에서 이십 년 만에 파리로 돌아온 화자인 앰브로즈 가이즈, 아니 "비로소 인생을 시작"하며 가슴 설레는 스무 살의 청년 장 데케르처럼.

알마광장에 있는 카페의 해가 드는 쪽 테라스 좌석은 빈자리가 하나도 없었다. 내 기억이 확실하다면 밝은색 양복이나 하늘하늘한 천, 혹은 모슬린 천으로 만든 드레스를 하나같이 잘 차려입은 남자와 여자의 무리를 스쳐지나면서 나는 무작정 걸었다. 바람이 몽테뉴대로의 가로수 잎을 흔들고 있었다. 바닷가로 나 있는 산책로를 따라가고 있는 듯한 착각이 드는 세찬 바람이었다.

나는 느린 걸음으로 샹젤리제를 따라 올라갔다가 다시 내려왔다. (…) 바람이 불었다. 대서양 바람이었다. 대로의 끝에 이르면 바다가 나타날 것만 같았다. 내 머리 위에는 갈매기떼가 날아다니고 있었다. 알마광장에 이르자 소나기가 맹렬하게 몰아쳐서 나는 카페 '프랑시스네'의 유리로 막아놓은 테라스에 있는 빈 테이블 하나를 찾아 앉았다.(141~142쪽)

그 카페에서 건너다보이는 건물이 바로 장구종가와 알베르 1세 산책로 양쪽으로 면한 소설 속 카르멘 블랭 부인의 집인 것이다. 그 길 안으로 들어서면 엷은 커튼이 드리워진 창문 저쪽에서, 그 신비스럽고 아름다운 부인이 자신의 "패거리들"과 어울려 밤늦도록 파리 거리를 쏘다니다가 돌아와 하루종일 낮잠을 자고 있고, "너무나도 가벼워서 땅바닥을 거의 스칠 듯 말 듯 지나가는" 실내용 무도화를 신은 집사가 아무 소리도 내지 않고 침묵의 소리처럼 걸어다니고 있을 것만 같았다. 그래서 나는 카페를 나와 장구종가 안으로 들어가보기도 하고 알베르 1세 산책로를 오랫동안 서성거리기도 했다. 그러나 그런 것 모두 삼십여 년이 훌쩍 지난 일이다. 그사이에 외환은행은 KEB 하나은행으로 바뀌었고 우편으로 보내오는 통지서에 따르면 그 지점 역시 몽테뉴대로를 떠나 샹젤리제대로로 옮겨갔다. 그래서 나 역시 그 시절을 생각하면 소설이 말하듯 "낙하산을 타고 뛰어내리듯 오랜 세월의 층을 거쳐 마침내 낙하가 완료"되어 착지의 순간을 기다리는 느낌이다. 알마광장에서 시작하는 몽테뉴대로, 혹은 알베르 1세 산책로는 이제 내게도 "잃어버린 거리"가 되었다.

모디아노의 소설 속에 등장하는 파리의 거리들은 사실 작가 개인이나 공동체의 흥미로운 기억들을 함축하고 있는 경우가 많다. 가령 카르멘 블랭 부인의 집이 있는 센강변의 알베르 1세 산책로는 모디아노의 아버지인 알베르(알도)를 연상시키는 동시에 등반 사고로 사망한 이 벨기에 왕의 이름은 같은 벨기에 출신인 모디아노의 어머니를 연상시킨다. 한편 소설 속 인물 장 데케르가 문제의 살인 사건 직후 영국으로 떠나기 전에 피신했던 ("나는 이십 년 전처럼 침대에 드러누웠다. 나는 여기 이 방에서 파리에서의 마지막 날들을 보냈었다. 자초지종을 설명하고 나자 로크루아는 내가 이곳에 잠시 머무를 수 있도록 조치해주었던 것이다"), 그리고 이십 년 뒤 파리로 돌아와 잠시 거처하며 옛날 흔적들을 발견하는 기타 바티에(자살한 변호사 로크루아의 아내)의 아파트는 쿠르셀가 45번지로 되어 있다. 그런데 이곳에는 독일군 점령 당시인 1944년에 프랑스 게슈타포의 일원으로 작가의 데뷔작 『에투알광장』에도 등장하는, 악명 드높은 에디(루이) 파농이 거주했던 곳이며 그보다 사십 년 전에는 팔 년 동안 마르셀 프루스트가 그의 부모와 함께 거주했다. 이 건물 바로 앞에서 조명등을 환하게 밝히고 영화 촬영을 하는 장면 또한 흥미롭다. 여기서 촬영하는 영화의 제목 〈7월의 만남〉은 1949년에 제작된 자크 베케르의 영화와 같은 제목이다. 모디아노의 어머니 루이

자 콜페인은 바로 그 영화에 단역(베티 역)으로 출연했었다. 그 사실을 기억하는 것일까? 앰브로즈 가이즈는 탱탱 카르팡티에리에게 대꾸한다. "그런 제목의 영화가 이미 있는 것 같은데……"

『잃어버린 거리』는 프랑스어판이 나온 지 사 년 뒤인 1988년에 내가 책세상 출판사에서 『더 먼 곳에서 돌아온 여자』라는 제목을 붙여 처음 번역 소개한 소설이다. 프랑스어판 제목(Quartier perdu)을 무시하고 소설의 마지막 문단의 표현을 빌려 '더 먼 곳에서 돌아온 여자'라고 번역했던 것은 앞서 소개한 모디아노의 공쿠르상 수상작 『어두운 상점들의 거리』와의 혼선을 피하기 위함이었다. 그러나 공간적 상상력과 깊은 관련이 있는 모디아노의 소설 제목에서 '거리'라는 표현은 쉽게 피해갈 수 없는 단어다. 사실 '어두운 상점들의 거리'는 로마의 실재하는 가로명으로 그 제목의 "거리"는 '가街' 혹은 '로路'로 번역되어야 마땅한 'rue'인 반면 이 소설의 제목이 말하는 "거리"는 '동네' 혹은 '구역'을 의미하는 'quartier'임에도 어감을 고려하여 그렇게 번역한 것이다. 독자들의 이해를 바란다.

삼십여 년 전에 처음으로 소개한 이 소설을 전체적으로 새로 번역하다시피 하면서 오역을 바로잡고 어색하거나 불분명한 표현들을 다듬고 고유명사를 표기 기준에 맞추었다. 이 번거롭고 어려운 작업은 문학동네 편집부의 김미혜님의 도움이 컸음을 밝혀두며 감사드린다.

김화영

파트릭 모디아노 연보

1945년 7월 30일 불로뉴비양쿠르에서 이탈리아계 유대인 혈통의 사업가 아버지 알베르 모디아노와 벨기에 영화배우인 어머니 루이자 콜페인(본명은 루이자 콜핀) 사이에서 태어남. 부모는 점령기 파리에서 만나 신분을 감춘 상태에서 함께 살았다. 무역업에 종사했다는 것 외에는 정확하게 알려진 것이 없는 아버지는 불확실한 신분 상태로 대부분 부재 상태였고 어머니 역시 순회공연으로 집을 비우는 일이 많아서 모디아노는 어린 시절의 상당 부분을 여러 기숙학교에서 보냈다.

1947년 남동생 뤼디 태어남.

1956년 파리 공립학교에서 파리 근교 주이앙조자스의 몽셀 기숙학교로 전학.

1957년 남동생 뤼디가 혈액 관련 병으로 세상을 떠남. 뤼디를 무척 아꼈던 그는 1967년에서 1982년 사이에 발표한 초기 작품들을 뤼디에게 헌정한다. 동생의 죽음은 그의 어린 시절의 종말을 의미했으며 그는 이 시절에 대해 간절한 향수를 지니게 된다.

1960년 오트사부아 산악지대의 생조제프 중고등학교에 입학. 열다섯 살에 어머니의 친구이며 『지하철 안의 자지*Zazie dans le métro*』의 작가로 유명한 소설가 레몽 크노를 기하학 개인교사로 모시게 되면서 크노를 통해 문학의 세계에 눈뜨게 된다. 크노와의 만남은 결정적이었다. 크노를 통해서 그는 갈리마르 출판사의 칵테일파티에도 참석하여 문단의 저명인사들을 만난다.

1962년 6월 안시에서 한 해 먼저 대학입학자격시험을 치른다. 9월 파리로 돌아와 앙리 4세 고등학교 입학. 불과 몇백 미터 거리에 사는 부모와 떨어져 또다시 기숙사 생활을 시작하지만, 몇 달 후 기숙사를 나와 더이상 공부를 계속하지 않고 문학에 열정을 바치기로 결심.

1967년 첫 소설 『에투알광장*La place de l'Étoile*』을 완성하여 레몽 크노에게 원고 검토를 부탁함.

1968년 크노의 주선으로 『에투알광장』이 갈리마르 출판사에서 출간되어 로제 니미에 상과 페네옹상을 수상함. 이후 오로지 작가로서 글쓰기에만 전념함.

1969년 『야간순찰*La ronde de nuit*』 출간.

1970년 9월 12일, 도미니크 제르퓌스와 결혼. “우리 결혼식 날에 대한 참담한 기억이 남아 있다. 그날 비가 왔다. 정말 악몽이었다. 우리 결혼식의 증인은 청소년 시절부터 파트릭의 후원자였던 레몽 크노와 우리 아버지의 친구인 앙드레 말로가 서주었다. 그들은 뒤뷔페에 대해 논쟁을 하기 시작해 우리는 거기서 마치 테니스 경기를 구경하는 관람객 꼴이 되었다. 그 장면을 찍은 사진이라도 있었으면 재미있었을 텐데 사진기를 가지고 온 단 한 사람은 그만 그 안에 필름 넣는 것을 잊어버렸다. 그래서 우리에게 남은 것은 우산을 쓴 채 등을 돌리고 있는 단 한 장의 사진뿐이다." (도미니크 제르퓌스, 2003년 10월 6일 〈엘르〉와의 인터뷰)

1972년 『외곽 순환도로*Les boulevards de ceinture*』를 발표하여 아카데미 프랑세즈 소설 대상을 수상함.

1973년 영화 〈라콩브 뤼시앵*Lacombe Lucien*〉의 시나리오를 씀.

1974년 〈라콩브 뤼시앵〉이 루이 말의 연출로 완성되어 상영됨. 2차 대전을 배경으로 항독운동에 가담하려고 시도했다가 도리어 친독 의용대 활동을 하게 된 청년의 이야기로, 등장인물의 행동에 정당성이 없다는 이유로 논쟁을 불러일으킴. 맏딸 지나 태어남. 아버지의 재능을 물려받은 딸은 훗날 영화 연출 및 시나리오와 동화 등을 집필.

1975년 『슬픈 빌라*Villa triste*』 출간. 이듬해 리브레리상 수상.

1977년 『추억을 완성하기 위하여*Livret de famille*』 출간.

1978년 『어두운 상점들의 거리*Rue des boutiques obscures*』로 공쿠르상 수상. 둘째 딸 마리 태어남.

1981년 『청춘 시절*Une jeunesse*』 『메모리 레인*Memory Lane*』(피에르 르탕 삽화) 출간.

1982년 『그토록 순수한 녀석들*De si braves garçons*』 출간.

1983년 『청춘 시절』이 모셰 미즈라히의 연출로 동명의 영화로 제작, 상영됨.

1984년 발표한 전 작품으로 모나코 피에르 대공 문학상 수상. 『잃어버린 거리*Quartier perdu*』 출간.

1986년 『팔월의 일요일들*Dimanches d'août*』 출간.

1988년 『발레 소녀 카트린*Catherine Certitude*』(장자크 상페 삽화), 『감형*Remise de peine*』 출간.

1989년 『어린 시절의 탈의실*Vestiaire de l'enfance*』 출간.

1990년 『신혼여행*Voyage de noces*』 출간.

1991년 『폐허의 꽃들*Fleurs de ruine*』 출간.

1992년 『서커스가 지나간다*Un cirque passe*』 출간.

1993년 『고약한 봄*Chien de printemps*』 출간.

1995년 『슬픈 빌라』를 개작하여 파트리스 르콩트가 연출한 영화 〈이본의 향기*Le parfum d'Yvonne*〉와 그가 시나리오를 쓰고 파스칼 오비에가 연출한 영화 〈가스코뉴의 아들*Le fils de Gascogne*〉이 상영됨.

1996년 『아득한 기억의 저편*Du plus loin de l'oubli*』 출간. 레지옹 도뇌르 '슈발리에' 훈장 수훈.

1997년 『도라 브루더*Dora Bruder*』 출간.

1999년 『신원 미상 여자*Des inconnues*』 출간.

2000년 발표한 전 작품으로 폴모랑 문학 대상 수상.

2001년 『작은 보석*La petite bijou*』 출간. 『팔월의 일요일들』을 각색해 마뉘엘 푸아리에가 연출한 영화 〈테 키에로*Te quiero*〉 개봉.

2003년 『한밤의 사고*Accident nocturne*』 출간. 모디아노가 시나리오를 쓰고 장폴 라프노가 연출한 영화 〈여행 잘하세요*Bon voyage*〉 개봉.

2005년 『혈통*Un pedigree*』 출간.

2006년 『그토록 순수한 녀석들』을 각색해 미카엘 에르스가 연출한 영화 〈샤렐*Charell*〉 개봉.

2007년 『잃어버린 젊음의 카페에서*Dans le café de la jeunesse perdue*』 출간.

2010년 『지평*L'horizon*』 출간.

2012년 『밤의 풀*L'herbe des nuits*』 출간.

2014년 『네가 길을 잃어버리지 않게*Pour que tu ne te perdes pas dans le quartier*』 출간.
노벨문학상 수상.
레지옹 도뇌르 '오피시에' 훈장 수훈.

2017년 『잠든 추억들*Souvenirs dormants*』 출간.

지은이 **파트릭 모디아노**

1945년 프랑스 불로뉴비양쿠르에서 태어났다. 열여덟 살 때부터 소설을 쓰기 시작해 『외곽 순환도로』로 아카데미 프랑세즈 소설 대상을, 『어두운 상점들의 거리』로 공쿠르상을 수상하는 등 프랑스 현대문학이 낳은 가장 탁월한 작가 중 하나로 평가받고 있다. 2014년 노벨문학상을 수상했다.

옮긴이 **김화영**

서울대 불문학과를 졸업하고 동 대학원에서 석사, 프랑스 엑상프로방스 대학에서 알베르 카뮈론으로 문학박사 학위를 받았다. 삼십여 년간 고려대 불문학과 교수를 지냈고 현재 같은 대학 명예교수로 있다. 지은 책으로는 『바람을 담는 집』 『시간의 파도로 지은 城』 『문학 상상력의 연구』 『소설의 숲에서 길을 묻다』 『발자크와 플로베르』 『행복의 충격』 『한국 문학의 사생활』 『여름의 묘약』 『김화영의 번역수첩』 등이 있고, 알베르 카뮈 전집(전20권), 『다다를 수 없는 나라』 『어린 왕자』 『섬』 『마담 보바리』 『방드르디, 태평양의 끝』 그리고 모디아노의 『신혼여행』 『어두운 상점들의 거리』 『추억을 완성하기 위하여』 『청춘 시절』 『팔월의 일요일들』 등을 우리말로 옮겼다.

문학동네 세계문학

잃어버린 거리

초판 인쇄 2018년 6월 5일 | 초판 발행 2018년 6월 15일

지은이 파트릭 모디아노 | 옮긴이 김화영 | 펴낸이 염현숙

책임편집 김미혜 | 편집 이현정 오동규
디자인 고은이 최미영 | 저작권 한문숙 김지영
마케팅 정민호 정진아 함유지 김혜연 | 홍보 김희숙 김상만 이천희
제작 강신은 김동욱 임현식 | 제작처 한영문화사(인쇄) 신안제책사(제본)

펴낸곳 (주)문학동네
출판등록 1993년 10월 22일 제406-2003-000045호
주소 10881 경기도 파주시 회동길 210
전자우편 editor@munhak.com | 대표전화 031) 955-8888 | 팩스 031) 955-8855
문의전화 031) 955-8896(마케팅) 031) 955-8860(편집)
문학동네카페 http://cafe.naver.com/mhdn | 트위터 @munhakdongne
북클럽문학동네 http://bookclubmunhak.com

ISBN 978-89-546-5169-1 03860

www.munhak.com

우리가 서로를 기억하지 않는다면
사는 것이 무슨 소용일까.

2014 노벨문학상 수상 작가
파트릭 모디아노의 대표 걸작

어두운 상점들의 거리 **김화영 옮김**

"나는 아무것도 아니다."

1978년 공쿠르상을 수상한 파트릭 모디아노의 대표작. 기억상실증에 걸린 한 퇴역 탐정이 자신의 과거를 추적하는 여정을 그린 소설이다. 소멸한 과거와 잃어버린 삶의 흔적, 악몽 속에서 잊어버린 대전(大戰)의 경험을 주제로, 프루스트가 말한 존재의 근원으로서의 '잃어버린 시간'을 특유의 신비하고 몽상적인 언어로 탐색해냈다.

지평 **권수연 옮김**

"모든 첫 만남은 상처다."

그녀는 죽었을까, 살아 있을까? 기억의 지평 너머로 사라진 옛사랑을 찾아 헤매는 소설가 장 보스망스의 이야기. 사십여 년의 시간을 거슬러 파리 곳곳의 자취를 더듬어가는 그 여정의 끝에서 보스망스는 과연 그녀와 해후할 수 있을까?

잃어버린 젊음의 카페에서 **김윤진 옮김**

"오직 도망치는 순간에만 온전히 나 자신이었다."

어느 날 '진정한 삶'을 찾아 나선 한 여인. 과거의 악몽들과 단절되어 살 수 있는 곳을 찾아 표류하다 '잃어버린 젊음'이라 불리는 카페 '르 콩데'에 좌초한다. 속절없이 소멸되는 관계를 거부하는 여자 '루키', 그녀를 기억하는 세 남자가 파리 구석구석 흩어진 그녀의 발자취를 더듬어간다. 세 남자의 목소리를 통해 드러나는, 각기 다른 공간 속 한 여인의 윤곽.